Ralf Neubohn

Michael Kerawalla

Die Gartenschau im Rampenlicht

Gartenschau-Trilogie Auswahl 2

Ralf Neubohn

Michael Kerawalla

Die Gartenschau im Rampenlicht

Gartenschau-Trilogie Auswahl 2

Bibliografische Information der Deutschen Nationalbibliothek
Die Deutsche Nationalbibliothek verzeichnet diese Publikation
in der Deutschen Nationalbibliografie;
detaillierte bibliografische Daten sind im Internet
über www.dnb.de abrufbar.

Herstellung und Verlag: BoD – Books on Demand, Nordersted

ISBN: 978-3-7481-3738-2

Inhalt

Vorwort des Herausgebers Ralf Neubohn

16 Städte und Gemeinden unterstützen die Gartenschau an der Rems. Das ist eine sehr beachtliche Leistung. Mit dabei sind derzeit: Böbingen, Essingen, Fellbach, Kernen im Remstal, Korb, Lorch, Mögglingen, Plüderhausen, Remseck, Remshalden, Schorndorf, Schwäbisch Gmünd, Urbach, Waiblingen, Weinstadt, Winterbach.

Sie haben Vorbildliches geleistet.

Auch die Städte Heilbronn und Ingolstadt haben ein wunderbares Konzept für ihre Gartenschauen erstellt.

Um diese wunderbaren Gartenschauen indirekt zu unterstützen habe ich mein Projekt „Gartenschau Triologie" gestartet, in der drei ganz unterschiedliche Bücher zu diesem Themenkreis erscheinen. Der Ihnen heute vorliegende Band enthält die bei den Lesern beliebtesten Texte aus den bisherigen Gartenschau-Trilogie Büchern.

Viel Spaß beim Lesen!

Ihr Ralf Neubohn

2. Vorwort:

Die Gartenschauen finden wir so gelungen und für die Bürger wichtig, dass aus der geplanten Trilogie inzwischen nun sogar 8 Bände werden. Das ist so viel Arbeit, dass man in England aus Anerkennung für diese Leistung wohl geadelt oder sonst wie geehrt würde. In Deutschland muss man sich leider mit dem Gefühl begnügen, eine gute Sache mit allen seinen Kräften unterstützt zu haben.

Um für jeden Geschmack etwas zu bieten, haben die Gartenschaubände verschiedene Formen der Umsetzung. Es gibt heitere Bände, Krimis, eher sachliche Bücher usw.

Es sind bereits erschienen bzw. erscheinen noch:

Humorvolle Bücher mit leichtem Fantasyeinschlag:

„Flammenfeder live von der Gartenschau", „Gartenschau Phantasie".

Bücher mit Kurzkrimis und / oder schwarzen Humor:

„Die Gartenschau-Morde", „Tod auf dem Kaktus", „Neues vom 1. April, dem Waiblinger Altstadtfest und der Gartenschau".

Bücher mit eher informativen und leicht humorvollen Texten:

„Herzlich Willkommen Gartenschau", „Galaabend für die Gartenschau", „Abschiedsvorstellung für die Gartenschau".

Es würde uns sehr freuen, wenn Sie an den Bänden viel Freude haben und diese aus ganzem Herzen weiterempfehlen, damit auch andere Freude daran haben können.

Vielleicht sehen wir uns ja einmal auf der Gartenschau?

Bis dann, Ihr Ralf Neubohn

Ralf Neubohn

Der Weihnachtsmann auf der Gartenschau

Auf dem Gartenschaugelände rief ein kleines Kind voller Freude: „Schau mal Mami, der Weihnachtsmann!"

Die Mutter tadelte das Kind: „Aber Harold! Der Weihnachtsmann kommt erst im Dezember! Doch nicht jetzt schon!"

Doch das Kind blieb hartnäckig: „Bestimmt besucht er öfters Gartenschauen. Er muss ja schließlich in seiner Freizeit irgendwas machen. Mensch, wie viele Bücher er mit sich trägt!"

Nun hatte auch die Mutter den Weihnachtsmann erspäht. Unglaublich, es gab ihn also wirklich! Vor ihnen lief er mit seinem roten Mantel, der Mütze und vielen Buchgeschenken in der Hand. Nicht zu fassen!

Noch jahrelang erzählte sie allen Menschen, wie ihnen der Weihnachtsmann auf der Gartenschau über den Weg lief. Es fehlte nicht viel und man hätte die arme Frau in eine Anstalt eingewiesen.

Was Muter und Kind nicht wissen konnten: die Gestalt war gar nicht der Weihnachtsmann gewesen, sondern Ralf Neubohn. Beladen mit Büchern für seine Lesung und noch in Bademantel und mit Schlafmütze bekleidet, weil er mal wieder verschlief. Alte Greise wie er brauchen eben viel Schlaf.

Seeromantik

Beim See am Hallenbad stand eine Lesung an. Der vortragende Autor Ludwig Lesi-Les wollte nicht wie seine Kollegen in den letzten Wochen an Land lesen, sondern von einem Boot auf dem See aus. Das Publikum sollte dort auf der Mauer mit den Gesichtern zum See sitzen.

Er mietete ein Ruderboot bei einem Verleih und versuchte es am Lesungstag mit Bekannten zusammen zum Ort des Geschehens zu tragen. Doch ach, das nasse, schwere Boot rutschte ihnen immer wieder aus den Händen, während die Zeit davon flog. Lesi-Les sah ein, dass es so nicht mehr rechtzeitig zu schaffen ging. Aber was tun? Die Lesung vom Boot aus stand überall in den Zeitungen angekündigt! Fiel sie aus, so war er bis auf die Knochen blamiert! Da kam ihm die rettende Idee: Daheim lag in seinem Keller noch ein Schlauchboot vom letzten Urlaub. Sofort eilten sie zu ihm heim, holten das zusammengefaltete Schlauchboot und rannten damit in größter Eile zum See. Die Uhr rückte gnadenlos vorwärts. Würde die Zeit zum Aufblasen des Bootes reichen? Da sie vom Rennen atemlos waren, ging das Aufblasen nur sehr langsam voran. Die ersten Lesungsbesucher erschienen inzwischen. Mit seinen letzten Atemkräften schaffte er das Aufblasen doch noch rechtzeitig! Sie ließen das Boot zu Wasser, der Autor stieg ein und wollte mit Lesen anfangen. Wollte, aber es klappte nicht. Vom Rennen und Boot aufblasen war er zu sehr außer Atem. Das Publikum begann zu buhen. Die ersten Besucher gingen wieder, bevor er loslegen konnte. Doch den inzwischen ruhigen verbliebenen Zuhörern las Lesi-Les seine besten und witzigsten Texte vor. Doch keiner lachte oder klatschte. Allmählich wurde der Autor nervös, suchte immer bessere Texte aus, doch an Land regte sich nichts. Die Zuhörer blieben stumm.

Mit zitternden Händen zündete er sich eine Zigarette an, um seine Nerven zu beruhigen. Während des Lesens fiel ihm diese unbemerkt ins Schlauchboot, brannte ein Loch in den Plastikboden, so dass er wie ein Kapitän mit seinem Schiff unterging. Das Publikum raste vor Begeisterung, klatsche und lachte ohne Ende. Zum ersten Mal in seinem Leben forderten seine Zuhörer eine Zugabe, als er Nass und voller Algen aus dem Wasser stieg.

Im Publikum saß die Autorin Berta Babbelbergle und dachte verächtlich: „Wie kann jemand nur so blöd sein! Ich werde es nächste Woche viel besser machen, als dieser Schwachkopf!"

Am Tag ihrer Lesung saß sie bereits in ihrem Schlauchboot, als die Zuhörer erschienen. Im Gegensatz zu ihrem Kollegen von neulich, war sie voll bei Stimme und trug keine Zigaretten bei sich. So standen die Chancen für eine erfolgreiche Lesung sehr gut. Eigentlich. Aber der Wind trieb das Schlauchboot immer weiter vom Ufer weg, so dass die Zuhörer sie schließlich nicht mehr hören konnten. Da Berta Babbelbergle nur nach vorn zu ihrem Publikum sah, merkte sie leider nicht, dass der Wind sie langsam aber sicher ins Schilf trieb. Ins Schilf, in dem gerade die Wildenten und Schwäne brüteten. Als das Boot dort in ihr Brutgebiet eindrang, attackierten diese natürlich sofort Boot und Autorin. Welcher die Flucht nur schwer blessiert gelang.

Das Publikum tobte vor Begeisterung über diese hochdramatische Einlage und schwor sich nach zwei so unterhaltsamen Lesungen künftig keine einzige mehr zu verpassen und die Lesungen komplett per Handy oder Kamera aufzunehmen.

Wenn Sie mal auf der Gartenschau großen Horden von Leuten mit Fotoapparaten, Filmkameras und Stativen begegnen, sind diese wohl auf dem Weg zur Lesung am See

Heisse Dates

Dieter Dietrich Demenzle vereinbarte mit Sonja Senili ein Rendezvous auf der Gartenschau. Leider kann darüber aus nahe liegenden Gründen nichts näheres berichtet werden. Sie vergaßen beide den Termin. Oh, weh!

Während es beim Stadtbekannten Schmalspurromeo Don Juan dela Rendezvous und Caroline Casanovalinchen klappte. Allerdings fing das Date nicht besonders hoffnungsvoll an. Sie schnupperte und fragte: „Hast Du ein neues Deodorant?"

Don Juan freute sich über ihr Interesse und antwortete stolz: „Ja, es heißt Sommerlandluft!"

Caroline erwiderte würgend: „Ach, daher der Geruch nach Jauchegrube, wobei das Deodorant auch Kanalduft, Knoblauchwonne oder Stinktierromanze heißen könnte."

Ich will es nicht beschwören, aber es scheint fast, als habe an dieser Stelle ihre Beziehung aus unerfindlichen Gründen einen kleinen Knacks bekommen. Wenn Sie das Pärchen auf der Gartenschau sehen, ging doch noch alles gut, wenn nicht, wurde die ursprüngliche Zuneigung hinweggeduftet.

Der Lyriker

Ein Autorenkollege von mir schrieb wunderbare Lyrik, die bei Lesungen jedes Mal das Publikum von den Stühlen riss. Doch nie erschien ein Buch von ihm. So fragte ich ihn eines Tages: „Jetzt schreibst Du schon seit mindestens zehn Jahren gute Lyrik. Warum gibt es kein Buch von Dir?"

Er antwortete: „Bis jetzt habe ich noch keinen Verlag gefunden, aber ich probiere es weiter."

Zwei Jahre später schlug ich ihm vor: „Soll ich Dir bei der Suche nach einem guten Verlag helfen?"

Doch dies schlug er rundweg ab und meinte, das könnte er schon alleine. Ich dachte mir meinen Teil und ließ ihn eben allein sein Ding machen.

Ein paar Monate später sah ich ihn bei einer Lesung auf der Kunstlichtung mit Trauermiene im Publikum sitzen.

„So, wie Du aussiehst, hast Du noch immer keinen Verlag gefunden", sprach ich ihn an. „Wenn Du willst, kann ich Deine Bücher billig und schnell drucken." Aber auch darauf ging er nicht ein und meinte nur, seine große Qualität würde sich schon von allein durchsetzen.

Er besaß wirklich große schriftstellerische Qualität und ein noch größeres Selbstbewusstsein. Dennoch erschien auch weiterhin kein Buch von ihm, was mich langsam zu wundern begann. Denn seine Texte bestachen mit ihrem hohen Niveau, dem ansprechenden Inhalt, aber kein Verlag wollte diese. Woran lag das bloß?

Als ich ihn mal viel später besuchte, zeigte er mir die Absageschreiben, die er bekommen hatte, und beklagte sich über die Ungerechtigkeit des Lebens.

Fassungslos rief ich laut: „Natürlich hat kein Verlag Deine Gedichte veröffentlicht, Du Schafskopf! Die Verlage, die Du angeschrieben hast, sind Krimiverlage, Kinderbuchverlage, Kochbuchverlage, aber keine Lyrikverlage!"

Am liebsten hätte ich ihm ein dickes Kochbuch um die Ohren geschlagen, aber das hatte das arme Buch schließlich nicht verdient.

Cool?

Bei so manchem Konzert dachte ich immer: „Du meine Güte, diese Coolnessmasche! Diese Sonnenbrille!"
Bis ich selber so wurde. Kaum zu glauben, aber wahr. In der Anfangszeit las ich vor allem in Literaturcafés, bei Buchmessen usw.
Allmählich kamen dann die Kulturhäuser und schönen Theater an die Reihe.
Nichts Böses ahnend lief ich auf die erste Theaterbühne meines Lebens und wollte eigentlich meine Texte lesen. Wohl bemerkt: „wollte", konnte aber nicht. Das Scheinwerferlicht knallte mir so in die Augen, dass ich kein Publikum sah und erst recht nicht mein Buch. Denn das Licht reflektierte auf den weißen Seiten so arg, dass ich den Text nicht mehr erkennen konnte.
Zum Glück hatte ich auf dieser Lesetour den Text schon so oft präsentiert, dass er fest in meinen Kopf saß und ich ihn auswendig erzählte.
Doch eines schwor ich mir: „Das passiert mir nicht nochmals!"
Seitdem habe ich immer eine Sonnenbrille vorsichtshalber dabei!
JETZT sagen die Lesungsbesucher: „Du meine Güte, diese Coolnessmasche! Diese Sonnenbrille!"

Landfrauen

Eines Tages luden uns mal die Landfrauen eines kleinen Dörfchens zu einer Lesung ein.

Wir mussten sehr lange auf einer extragroßen Landkarte nach dem Dorf suchen. Endlich fanden wir es.

Was bei der Anfahrt wesentlich weniger gut klappte. Denn das Dorf stand auf keinem Schild angeschrieben. Das dürfte wohl eine ausreichende Andeutung über die Größe des Ortes geben.

Der Beginn 22.00 Uhr im Winter förderte wohl auch nicht gerade die Auffindbarkeit. Nirgends Leute, die man fragen konnte, die meisten Hinweisschilder hinter dunklen Bäumen versteckt.

Aber irgendwie und irgendwann – sehr irgendwann – fanden wir das Dörfle dann doch.

Die netten Damen begrüßten uns sehr freundlich und wir machten uns gleich an die Arbeit.

Ein schöner, harmonischer Abend ging dann viel später zu Ende, mit angeregten Gesprächen mit dem zufriedenen Publikum. Aber irgendwie bekam ich das Gefühl, dass irgendwas nicht ganz stimmte. Irgendeine kleine Misslichkeit lag vor. Aber ich konnte mir einfach nicht vorstellen was.

Beim Abschied kam es dann heraus. Eine Dame sagte: „Es war richtig schön. Aber eigentlich dachten wir, dass es ein Schillerabend wird."

Darauf erwiderte ich galant: „Wenn Sie nächstes Mal Schillerwein kredenzen, werden wir es uns überlegen."

Als ich neben mir stand

Viele Leser haben mich gebeten, wieder ein wirklich wahres Erlebnis aus dem Autorenleben zu erzählen. So wie in „Im Tal der Autoren" oder in „Alle Autoren an Bord!"
Gerne erfülle ich diesen Wunsch. Es ist eine ungewöhnliche Begebenheit im Zusammenhang mit einer Lesung. Eine seltsame Angelegenheit, fast so seltsam wie die Fälle von manchen Detektiven.
Ich erhielt eines Tages die Einladung, zum ersten Mal in der Ludwigsburger Stadtbücherei zu lesen. Einem Ort, an dem ich mich vorher noch nie befand. Ich kannte in Ludwigsburg nur das blühende Barock und die Basketballhalle.
Wie immer bei Lesungen machte ich mich schon sehr früh auf den Weg. Ca. 1,5 Stunden vor der Lesung befand ich mich wohlbehalten am Bahnhof in Ludwigsburg, in Gesellschaft einer interessanten Bekanntschaft. Einer sehr aufregenden Bekanntschaft sogar. Eines faltbaren Stadtplanes. Bevor ich mit ihm flirten konnte, um ihn anschließend AUFZUREISSEN, begaben wir uns einträchtig in ein Café. Ich bestellte mir nur etwas zu trinken, der Stadtplan schien hingegen Askese zu lieben. Er trank nichts. Kein verheißungs-voller Anfang für einen heißen Flirt. Ich trank gerade einen Schluck Cola, als um mich herum die Geräusche plötzlich leiser wurden, die Gestalten sich langsamer bewegten. Allmählich glitt ein 2. „Ich" aus meinem Körper, sah mich im Lokal sitzen und flog über die mir unbekannten Straßen hin zur Bücherei. Während „Ich" so über die Straßen flog, sah ich mich gleichzeitig immer noch im Lokal mit dem unbenutzten und unbefleckten Stadtplan sitzen. Langsam kam ich im Lokal wieder zu mir, beschloss dem Stadtplan seine Jungfräulichkeit zu lassen und lief die Straßen entlang zur mir vorher unbekannten Bücherei, die übrigens gerade wegen Umbaus umgezogen war. Den ganzen Tag über blieb ich völlig gelöst, gelassen, etwas neben mir stehend und brachte die Lesung ganz

locker hinter mich. Ein wirklich seltsames Erlebnis, auch wenn es viele meiner treuen Leser wohl nicht glauben werden. Wodurch ich in diesen Zustand der Gelöstheit kam, durch welchen ich die umgezogene Bücherei fand, das weiß ich nicht. Ich weiß nur, dass ich schon beim Betreten des Lokals eine große innere Ruhe in mir trug.

Wer weitere wahre Ereignisse aus dem Autorenleben lesen will, möge zu „Im Tal der Autoren", „Alle Autoren an Bord!" und anderen früheren Werken von mir greifen. Es ist kaum zu fassen, was wir Autoren so erleben und erleiden.

Zu spät!

Hubert arbeitete bei einem Betrieb, wo es nie auffiel, wenn er zu spät kam. Er kam aber auch privat zu allem zu spät. Es hatte nie Folgen, bis … er eine Lesung des bekannten Autoren Ralf Neubohn besuchen wollte, der zusammen mit einem Prominenten auftrat.

Als Hubert eine halbe Stunde zu spät kam, lief die Lesung bereits und es gab keine freien, gepolsterten Stühle mehr. Eine Angestellte, die ihn sah, holte ihm noch schnell einen harten, kleinen, kalten, verstaubten, verschimmelten Holzhocker aus dem Keller.

Der Prominente, welcher vor Neubohn las, gab eine Zugabe nach der anderen. Hubert rutschte immer unbehaglicher auf dem kalten und harten Hocker herum. So allmählich begann ihm sein Sitzfleisch zu schmerzen und der Prominente las in aller Seelenruhe weiter und weiter. Erwähnte nur noch KURZ dies und das … Wollte nur GANZ SCHNELL auf jenes hinweisen …

Die anderen Besucher saßen zufrieden auf ihren gepolsterten Stühlen und nippten an ihren Sektgläsern, die es vor der Veranstaltung für alle gab. Außer für Hubert, der ja wie immer zu spät kam und nun zunehmend an schmerzenden Hinterteil und Durst zu leiden begann. Vor allem, wenn er die anderen Besucher genüsslich trinken sah.

Als der Prominente mit dem Lesen ENDLICH fertig war, war auch Hubert schon ziemlich fertig.

Inzwischen begann der ominöse Ralf Neubohn zu lesen, nach dem ihn zwei Krankenwärter aus dem Seniorenheim auf einer Bahre zur Lesung brachten.

Offensichtlich stimmte das Gerücht, dass Neubohn schon vor Kaiser Nero auftrat, denn er ließ sich auf der Bahre so elegant zur Bühne tragen, wie es wohl seinerzeit mit den Sänften zur Römerzeit vonstatten ging.

Neubohn las mit altersschwacher Stimme murmelnd aus seinem klassischen Buch: „Meine ungeschriebenen und unbeschreiblichen

Gedanken", welche seinerzeit so ein großer Erfolg wurden, dass ihm die Groupies an den unglaublichsten Orten auflauerten. Z. B. im Kühlschrank, im Mülleimer.

Leider konnte Hubert das Ende der Lesung nicht mehr abwarten, Schmerz und Durst trieben ihn von dannen und er verpasste die besten Stellen der Lesung. So, als Neubohn im zahn- und hirnlosen Zustand versuchte, nach der Lesung knusprige Gebäckteile zu essen und ihm dabei das Gebiss rausflog oder als seine Krankenwärter seine Bahre fallen ließen, als sie eine wunderschöne Frau vorbeilaufen sahen. Ach, lachten da die Lesungsbesucher. Wesentlich mehr als in den letzten Wochen und vor allem viel mehr als während der Lesung.

Die Pralinenlesung

Bei manchen Lesungen bekommen die Autoren nicht nur Gage, sondern auch Speis und Trank. Eine solche Veranstaltung stand einmal sonntags am frühen Morgen an. Ein Pralinenladenbesitzer aus Heilbronn öffnete sein Fachgeschäft zu einer Pralinenverkostung mit Lesung um 10.00 Uhr. Da das Geschäft wie alle Läden sonntags normalerweise geschlossen blieb, harrten wir Autoren gespannt der kommenden Dinge und vor allem der hoffentlich kommenden Gäste.

9.45 Uhr – kein Mensch da. 9.50 Uhr – die Tür ging nicht einmal auf. 9.55 Uhr – worauf hatten wir uns da bloß eingelassen? 10.00 Uhr – Zeit zum Einpacken und Heimfahren. 10.10 Uhr – die Bude war gerammelt voll.

11.30 Uhr – nach triumphaler Lesung geht es nun auch für die Autoren ans Essen und Trinken. Hatte der Besitzer auch bis dahin gestrahlt und sich zufrieden die Hände gerieben, gehörte das nun plötzlich der Vergangenheit an. Offensichtlich erzählte ihm noch keiner die allgemein bekannte Tatsache, dass Autoren nicht nur von Luft und Liebe leben.

Als wir uns bis oben vollgestopft kaum noch rühren konnten, verabschiedeten wir uns von dem leidgeprüften Mann, der die goldenen Worte sprach: „Die Veranstaltung hat mich voll vom Stuhl gerissen, Euer Appetit allerdings auch. Ich glaube, wenn ich Euch nächstes Mal gegen höheres Honorar aber dafür ohne Verköstigung buche, komme ich wesentlich billiger weg."

Wie kam er bloß darauf? Rülps …

Schaffenskrise

Eines Tages saß ich mal wieder an meinem Computer und wollte neue Kurzgeschichten für den aktuellen Flammenfederband schreiben. Doch fiel mir überhaupt nichts ein. Nachdem mein PC und ich uns eine halbe Stunde gegenseitig völlig leer angestarrt hatten, musste zu inspirierenden Hilfsmitteln gegriffen werden. Doch was konnte bloß helfen? Musik. Musik ist immer eine gute Idee. Nun, ja, fast immer. In diesem Fall half sie leider nichts. Was dann? Frische Luft empfiehlt sich stets. Also ein kleiner Spaziergang, die frische Luft bringt dann die kleinen Gehirnzellen in Gang! Von wegen! Auch diese Aktion verpuffte völlig. Sie brachte nichts, außer müde Füße vom Spazieren. Tja, scheinbar lief heute nichts mit neuen Texten schreiben.

Aus Frust kochte ich mir Kaffee und aß dazu Schweizer Schokoladenwaffeln. Plötzlich durchzuckte mich förmlich ein Ideengewitter und ich schrieb schnell hintereinander mehrere Kurzgeschichten. Seitdem ist für mich Schweizer Schokoladenwaffeln mit Kaffee meine „Nervennahrung". Übrigens klappt es auch mit Mini-Marmorkuchen gut.

Partyspaß

Gegen Ende einer netten Schriftstellerparty tauchte die Frage auf: „Was jetzt?" Nach dem üblichen schönen Partyverlauf dürstete es allen nach etwas Neuem, etwas ganz anderem als sonst. Zahlreiche Vorschläge wurden gemacht und sofort wieder verworfen. Keine Idee fand Gnade vor dem anspruchsvollen Partypublikum. Da kam mir die rettende Idee: „Wir machen ein Schokoladenquiz!" Die Gäste dachten an einen Scherz von mir, aber es war mir ernst! Vor ein paar Tagen hatte ich mehrere Packungen Schokolade in meinem bevorzugten Fachgeschäft besorgt, in den verschiedensten Geschmacksrichtungen. Jeder Gast bekam der Reihe nach von allen Packungen ein Stückchen zum Probieren und musste die Lösungen auf einen Zettel schreiben. Zwei Gourmets kamen beim Schokoladenquiz in die Endrunde, die Spannung erreichte den Höhepunkt!

„Das ist schwarze Schokolade mit Brombeeren!" „Quatsch! Das ist schwarze Schokolade mit Johannisbeeren. Du hast doch keine Ahnung!"

Der glückliche Sieger erhielt eine Packung mit leckerer Bruchschokolade, in der die verschiedensten Schokoladensorten waren. Wenn Sie mal ein originelles Gesellschaftsspiel machen wollen: Die Antwort heißt Schokoladenquiz!

Die hohe Ethik der Kunst

Für uns Autoren geht nichts über die Kunst. Alles andere muss sich dieser unterordnen. Das hohe Berufsethos steht über allem anderen.

Neulich lasen wir in einem Pralinenfachgeschäft aus den neuesten Flammenfederbüchern. Der Ablauf erfolgte nach folgendem Schema:

-Pralinenverkostung durch den Ladeninhaber.

-Lesung erster Autor.

-Pralinenverkostung durch den Ladeninhaber.

-Lesung zweiter Autor.

usw.

Genauer gesagt: Nach diesem Schema SOLLTE es gehen.

Bei der ersten Pralinenverkostung griff einer der Autoren so gierig zu, dass er mit seinen danach äußerst klebrigen Fingern nicht mehr aus seinem Buch vorlesen konnte. Was für eine Einstellung! Mit den Schriftstellern ist auch nichts mehr los! Unmöglich! Um den Ruf unserer Gruppe Flammenfeder zu wahren, sprang ich in die Bresche und las vor. Nach der zweiten Verkostung passierte Ähnliches. Ein als lesender Geplanter stopfte sich so den Mund voll, dass ich wieder Vertretung machen musste. Wie können sich erwachsene Künstler nur so gehen lassen! Skandalös! Keine Künstlerehre im Leib.

Bei der dritten Verkostung wurde weiße Schokolade mit Himbeeren serviert. Mmmh! Lecker! Rasch griff ich mir die größten Stücke und merkte beim Runterschlingen, dass ich jetzt eigentlich vorlesen müsste. Pah! Was soll's! Es gibt viel Wichtigeres als die Kunst! Her mit noch mehr Schokolade!

Plünderung

Eines Sommernachts lag ich schlafend in meinem Bett, als plötzlich ein ungeheuerer Radau einsetzte. „Einbrecher?", schoss es mir durch den Kopf. Ich eilte in Richtung des Lärms und hörte furchtbares scheppern, fauchen und miauen. Offensichtlich hatten meine beiden Katzen den Einbrecher überrascht. Gut, solche wilde Stubentiger wie Lu und Lulu zu haben.

In der Küche angelangt traf es mich wie ein Keulenschlag. Nicht zu fassen! Von wegen Einbrecher! Meine beiden Raubkatzen plünderten gerade den Kühlschrank, in dem leckere Schokolade lag. Dabei entbrannte offensichtlich ein heftiger Verteilungskampf zwischen ihnen. Ich scheuchte die beiden Schleckermäulchen aus der Küche und wollte gerade wieder den Kühlschrank einräumen, als meine Frau in der Küchentür auftauchte und empört rief: „Aha! Habe ich Dich wieder beim heimlichen Naschen erwischt! Schäm Dich, ab ins Bett!" Unter meinem Bett hörte ich später ein fröhliches Glucksen von zwei aufgeheiterten Katzen. Na, sowas!

Heimat

Wenn die Menschen jung sind, zieht es sie oft in die weite Welt hinaus. Die Heimat und deren Mitbewohner kennt man so gut, dass so mancher denkt: „Ich will Neues sehen! Neues erleben!" Der eine oder andere hat auch das Gefühl: „Hier fällt mir bald das Dach auf den Kopf." So ziehen viele in die Welt hinaus und sehen: Hinterm Berg wohnen auch nur Leute. Leute, die so gut oder so schlecht wie in der Heimat sind. Mit der Zeit und nach so manchen Enttäuschungen erstirbt oft der kosmopolitische Zug, der Weltentdeckerdrang lässt nach, die Heimat lockt wieder.

Liegt es nur an den Enttäuschungen in der Ferne? Oder ist man dort nie so richtig heimisch geworden? Blieb dort stets nur ein Fremder? Ist es so, dass immer dort das Gras grüner ist, wo der Mensch gerade nicht ist? Locken die Erinnerungen an die Heimat und Freunde die dort wohnen? Wird man einfach mit der Zeit etwas Bodenständiger oder gar etwas konservativer? Oder ist es einfach eben nur so: In der Heimat ist es doch am schönsten?

Die Messe

Heiner besuchte voller Enthusiasmus die Fachmesse für Elektrotechnik. Was machten doch Technik und Menschheit Jahr für Jahr Riesenfortschritte. Allein schon die Medizintechnik bot wieder zahlreiche Neuheiten. Zufrieden lächelnd durchschritt er diese Messe mit Highlights der Technik. Um die Zukunft brauchte niemand mehr bangen, alles konnte maschinell erledigt werden. Welch rosige Zeiten standen ihnen allen bevor! Die Zeiten voller Sorgen lagen weit hinter ihnen, zur Bekämpfung jeden Übels gab es jetzt die passende Maschine. Der Fortschritt ließ keine Wünsche offen. Oh, Du neue Wunderwelt!

An der Gardrobe holte er voller goldener Zukunftsträume seinen neuen Wintermantel ab. Während des hinaus Gehens in die Kälte knüpfte er ihn zu. Dabei fielen ihm mehrere lockere Knöpfe ab. Die Technik vollbrachte die unglaublichsten Wunder. Aber Knöpfe, die an einer neuen Jacke fest dran blieben, waren wohl doch zuviel verlangt.

Ausnahmezustand!

Waiblingen ist eigentlich eine ruhige, liebenswerte Stadt. Doch mehrmals im Gartenschaujahr, kommt es zu schweren Ausschreitungen. Es beginnt meist ganz harmlos. Pendler die zur Arbeit gehen kommen ins Gespräch. Gerüchte kommen auf.

„Jaaaaa, heute könnte der Tag sein…"
„Ich hab es aus ganz sicherer Quelle…"
„Das darf sich niemand entgehen lassen…"
„Die einmalige Chance…."

Prompt brechen die Pendler den Weg zur Arbeit ab und strömen Richtung Innenstadt. Schon morgens um 6.00 Uhr traben dichte Menschenmassen Parolen schreiend die Bahnhofsstraße und Mayennerstraße hinunter. Der Verkehr kommt zum erliegen. Die Neugierigen strömen aus den Häusern und schließen sich der Massenbewegung an.

Hysterisch weinende und kreischende Mädchen müssen von Sanitätern versorgt werden, Senioren verschlucken vor Aufregung ihr Gebiss.

Die Stadt hat vorsorglich die Innenstadt nicht nur von der städtischen Polizei sperren lassen, sondern auch von Experten und Eliteeinheiten. Die Bürgerwehr steht zusätzlich am inneren Verteidigungsring bereit, mit direkter Verbindung zu Bundeswehr-Panzerabteilungen und zu UNO-Blauhelmtruppen.

Auf der Rems sperren Flugzeugträger den per Schlauchboot Heraneilenden den Weg.

Doch alles nützt nichts. Die fanatischen Massen lassen sich nicht stoppen. Schon morgens um 7.00 Uhr ist das Buchantiquariat „der Nöck" von vor Begeisterung tobenden Massen eingekreist. Alle wollen die Erstausgabe des neuen Buches über die Gartenschau. Denn echte Fans und Sammler geben sich nur mit den signierten Erstausgaben zufrieden.

Erleichtert atmet ganz Waiblingen auf, wenn abends gegen 23.00 Uhr die letzten Leser mit ihren von Ralf Neubohn herausgegebenen Büchern nach Hause ziehen.

Sie lassen eine Spur der Verwüstung hinter sich. Doch echte Kultur hat eben ihren Preis.

Das große Ereignis

Immer wieder bitten mich Leser meiner verschiedenen Gartenschau-bücher ausführlich darüber zu schreiben, warum ich so von der Gartenschau begeistert bin.

Eigentlich habe ich es schon sehr oft getan. Z.B. in „Galaabend für die Gartenschau". Aber nun denn, hier das Wichtigste in Kürze, was sich zum Teil auch mit anderen Texten von mir in diesem heutigen Buch überschneiden wird.

Ich finde es eine sehr große, beachtliche Leistung, dass sich 16 Städte und Gemeinden an der Rems zu einem gemeinsamen Projekt zusammengefunden haben. Wer von den Lesern Mitglied in einem großen Verein ist, weiß sicherlich, wie schwer es oft ist, so viele verschiedene Meinungen unter einen Hut zu bringen. Und hier wird es bestimmt auch nicht ganz leicht gewesen sein.

Alle 16 Städte und Gemeinden haben sich viel zur Gartenschau einfallen lassen und zahlreiche der Projekte sind sehr nachhaltig. Dies will ich am Beispiel Waiblingen näher erläutern.

Die Gehwege auf der Talaue wurden erneuert, zusätzlich Sitz-möglichkeiten geschaffen. Es entstanden die Rems-Terrassen, die Kunstlichtung, der Kletterpark, die neue Skateranlage usw. Alles Dinge, von denen die Bürger noch in vielen Jahren etwas haben. Es wurde also auf Nachhaltigkeit wert gelegt.

Genauso nachhaltig könnte sich auch das Kultur- und Sportangebot auswirken, da die Bürger auf dem Gartenschaugelände mit den ver-schiedensten Projekten in Berührung kommen und vielleicht für sich die eine oder andere Sportart oder einen neuen Künstler entdecken.

Dies kann leicht geschehen, da es ein sehr gutes, äußerst abwechslungsreiches Rahmenprogramm der Gartenschau gibt.

Das Ganze ist von den Verantwortlichen der Stadt sehr vorausschauend geplant. Eine Investition für die Zukunft. Denn die Bürger haben nicht nur den Nutzen von den Baumaßnahmen und dem Kultur- und Sportprogramm, sondern auch von dem touristischen Schub, den die Region bekommt.

Bei den vorbereitenden Treffen zur Gartenschau waren außer den sehr professionellen Verantwortlichen der Stadt auch viele ehrenamtliche Bürger zugegen, die sich mit ganz wunderbaren Ideen und Projekten einbrachten.

Alle Anwesenden bei den Vorbereitungstreffen zur Gartenschau hätten für ihren großen Einsatz einen Engagements- oder sonstigen Ehrenpreis verdient.

Ein großer Vorteil ist es für die Bürger auch, dass fast alle Projekte keinerlei Eintritt kosten. So gibt es also meistens monatelang Blumen, Kultur und Sport umsonst.

Meine acht Bücher zur Gartenschau kann ich leider nicht gratis abgeben, da die Herstellung einiges gekostet hat. Aber ich gebe sie gerne äußerst günstig her.

Denn sie sind nicht als kommerzielles Projekt gedacht, sondern als indirekte, ehrenamtliche Unterstützung der Gartenschau.

Herzlichen Dank auch den vielen Autoren, die bei einigen Gartenschaubüchern mit guten Texten dabei sind. Erst durch diese Texte wurde z.B. „Herzlich willkommen Gartenschau" so schön.

Ich freue mich schon sehr auf die Gartenschau an der Rems und werde mir des Öfteren das Kultur- und Sportprogramm anschauen gehen. Auch allen die sich hierbei engagiert haben, ein großes Dankeschön. Denn jeder Einzelne, der sich in irgendeiner Form einbringt, ist eine Bereicherung des Ganzen.

Und ich finde es unbeschreiblich schön, dass wir alle bald monatelang aufs Beste unterhalten werden. Ein ereignisreicher Sommer liegt vor uns.

Freuen wir uns auf ihn!

Drama um Herrn Besser-Weiss

Der Oberstudienrat Herr von und zu Besser-Weiss gehörte zu der Sorte der besonders pedantischen-rechthaberischen Menschen.

Aus irgendwelchen dunklen Gründen gelang es ihm, bei der Gartenschau eine Führung zu veranstalten. Die ihm anvertrauten Besucher stöhnten bald über seine trockene, belehrende Art. Diese einfach „oberlehrerhaft" zu nennen, wäre stark untertrieben gewesen. Als es ihm schon nach 30 Minuten erfolgreich gelungen war, den Besuchern jede Freude am Leben und an der Gartenschau zu nehmen, hielten sie an einem besonders schönen Pflanzenbeet.

Herr Besser-Weiss dozierte über die Wirkung von Heilpflanzen und wie sie schon seit Jahrhunderten die Menschen von ihren Leiden befreiten.

Erst kicherte ein Mädchen leise, bevor alle anderen laut schallend zu lachen begannen. Dem Oberstudienrat blieb vor Verblüffung die Spucke weg. Dass er Menschen zu Tode langweilte, machte ihm stets viel Freude. Aber dass er diese zum Lachen brachte, verwirrte ihn. Eine junge Frau gluckste kichernd: „Stimmt. Mit diesen Pflanzen wurden sicherlich schon viele Menschen von ihren Leiden erlöst."

Erst jetzt las Herr Besser-Weiss die Pflanzennamen: Schierling, Roter Fingerhut, Wolfsmilch, Küchenschelle, Tollkirsche, Herbstzeitlose und Bilsenkraut.

Vor Scham wurde er so rot wie der Fingerhut und hätte am liebsten alle Pflanzen des vor ihm ruhenden Giftpflanzenbeetes gegessen!

Carmen Neubohn

Der Gartenschau-Schulausflug

Die Klasse 7d von der Gemeinschaftsschule in Wiesenheim freute sich schon auf den Schulausflug zur Gartenschau in der nächstgrößeren Stadt. Die meisten jedenfalls. Es gibt immer ein paar nörglerische Kinder. Oft sind es jene, die woanders hinwollten und dann an diesem oder jenem scheiterten.

Da die Gartenschau bereits um neun Uhr geöffnet war, fand sich die Klasse schon um acht Uhr auf dem Schulhof ein. Es wurde eine halbe Stunde für die Nachzügler einberechnet. Um acht Uhr dreißig sollte der Bus losfahren. Bis aber alle sich auf ihren Plätzen hingepflanzt hatten, wurde es bereits neun Uhr. Was für ein Getratsche und Geschrei. Der Lehrer bat um Ruhe, fand aber kein Gehör. Er hatte mit sowas gerechnet, bei dreißig Jungen und Mädchen und brachte ein Mikrofon zum Vorschein. In dieses brüllte er: „Ich bitte um Ruhe und Aufmerksamkeit" hinein, so dass alles auf Anhieb verstummte. Alles schaute zu ihm hin. „Wenn wir bei der Gartenschau sind, dann bleibt bitte zusammen. Ich muss schließlich noch die Eintrittskarten kaufen. Wir bleiben dann so lange zusammen, bis ich Euch erlaube, auf eigene Faust loszuziehen. Auf jeden Fall treffen wir uns Punkt fünfzehn Uhr am Ausgang. Wer zu spät kommt, muss zusehen, wie er nach Hause kommt, habt Ihr verstanden?"

„Jaaa," tönte es im Chor zurück.

Mit einiger Zeit Verspätung kamen sie am Gartenschaugelände an. „Übrigens", ließ Lehrer Hempelmann eine Warnung los, „wenn Ihr Euch nicht benehmt, dann dürft Ihr morgen darüber einen Aufsatz schreiben."

„Oh, Gott!" kam es von den Kindern.

Die Klassensprecher Monika und Klaus versuchten die Mitschüler zur Ruhe zu bringen. „Also benehmt Euch, vor allem Ihr drei."

Die Drei hießen Heinz, Steffen und Xavier und waren die Unruhestifter der Klasse. „Ja, ja, schon gut" brummten sie.

Erwartungsvoll betrachtete die Klasse das Gelände. Jeder hatte einen Prospekt bekommen und eifrig wurde dieser durchgeblättert. „Schau mal es gibt Heil- und Giftpflanzenbeete, verschiedene Blumenrondell, Heckensträucher und sonstige Sträucher und boah, guck mal, einen Urwald mit Kleintieren haben die hier auch. Das muss auf jeden Fall angeschaut werden." Die Klasse zeigte vollauf Begeisterung.

„Also Kinder" sprach Herr Hempelmann, „wir bleiben jetzt zusammen und gehen zuerst zu den Heilpflanzen." Mit forschem Schritt lief der Lehrer voraus, die Klasse zog sich auseinander. Das Dreiergespann schlich besonders langsam hintendrein. Als sie am Ziel ankamen, hatte sich sie restliche Klasse um das Heilpflanzenbeet schon versammelt.

„Nun, was für Heilpflanzen sehen wir hier?" wurden die Kinder gefragt.

Die Zwillinge Monika und Christoph, deren Eltern in der Apotheke arbeiteten, streckten die Hände hoch. „Das da sind Salbei, Fenchel und Baldrian" kam es bestimmt im Duett der Beiden und in einem Atemzug weiter „in der zweiten Reihe sind Arnika, Nieswurz und Schafgarbe." Als sie weiter loslegen wollten, wurden sie von dem Lehrer gestoppt.

„Halt, genug Ihr zwei! Jetzt kommt jemand anderes dran. Habt Ihr gut gemacht" lobte Herr Hempelmann die Zwillinge. Zufrieden und zugleich bekümmert schauten sich die Geschwister an. „Steffen, Du kennst doch sicherlich die hinterste Reihe, oder?" kam es vom Lehrer.

Steffen, der mit seinen Freunden ganz hinten stand, zuckte wie vom Blitz getroffen zusammen. „Sie heißen Angelika, Bettina und äh, öh, Sandra." Ein schallendes Gelächter erscholl.

„Steffen, ich habe Dich gefragt, wie die hinterste Reihe hier bei den Heilpflanzen heißt und nicht Deine Mitschülerinnen, die vor Euch stehen."

„Aber ich seh' ja gar nichts" konterte Steffen. „Ich steh' ganz hinten, wie soll ich sehen, was da vorne ist?"

„Na, dann komm doch nach vorn, dann siehst Du sie" forderte Herr Hempelmann ihn auf.

„Na, wenn das mal gut geht" flüsterte Christoph seiner Schwester zu, „der weiß ja eh nichts."

„Da kannst Du Gift darauf nehmen" erwiderte Monika.

„Wer kann Gift nehmen?" fragte Luise, die neben ihr stand.

„Ach, niemand. Christoph und ich meinen bloß, dass Steffen keine einzige Pflanze kennt. Du kennst doch Steffen." Luise nickte.

Derweil kam Steffen mit hochrotem Gesicht nach vorn und spähte zwischen den Pflanzen hindurch. „Sie heißen Angelika, Beinwurz und Männertreu" antwortete Steffen. Alle blickten erstaunt auf ihn, auch der Lehrer, „Aber wozu die gut sind, das weiß ich nicht" fügte er hinzu.

„Immerhin hast Du sie wenigstens gewusst" lobte Herr Hempelmann. „Woher eigentlich?"

Lachend zeigte Steffen auf die Schildchen, die vor den Pflanzen in der Erde gesteckt waren. „Daher."

„Aha" Herr Hempelmann schaute auf die Zwillinge. „Dann habt Ihr wohl auch gespickelt, oder?"

„Nein, das haben wir nicht" empörten sich Monika und Christoph. „Unsere Eltern sind Pharmazeuten" konterten sie.

„Ah, das stimmt ja" gab Herr Hempelmann zu. „Jetzt auf zum zweiten Heilpflanzenbeet."

Die Mädchen Angelika, Bettina und Sandra aber, die den Scherz von Steffen übelnahmen, überlegten sich, wie sie es ihm zurückzahlen konnten.

Am Beet angekommen und aufgereiht, kam die gewitzte Frage: „Gibt es einen Unterschied zwischen Heilkräutern und Heilpflanzen?"

„Also, ich kenne keinen, hab noch nie solches Heilzeugs gegessen" antwortete Xavier. Wieder erscholl Gelächter.

„Xavier, Xavier" kam es von Klaus. „Hast Du eigentlich vergessen, was wir im Biologieunterricht gelernt haben? Heilkräuter sind auch Pflanzen und stell Dir vor, man kann sie sogar essen. Zum Beispiel Rosmarin, Petersilie, Basilikum und so weiter."

Xavier gab zurück: „Das ist alles Grünzeug, das mag ich nicht."

„Du meinst, alles was gesund ist, magst Du nicht und das sieht man Dir auch an." Diese Feststellung machte sein Freund Heinz mit einem Blick auf Xaviers rundlichen Körper.

„Es gibt auch Heilpflanzen, die nur zum Teil einem guttun. Sie müssen dosiert werden, nimmt man von solchen zuviel, dann können sie giftig sein" gab Christoph zum Besten.

„Prima Christoph" lobte der Lehrer.

„Giftig können zum Beispiel Arnika, Heidelbeere oder auch die Mispel sein. Man muss sie vorsichtig dosieren. Nicht giftig sind Bärlauch, Himbeere. Bei der Himbeere kann man nicht nur die Frucht futtern, sondern man kann aus den Blättern auch Tee machen." Monika stand Christoph in nichts nach.

„Mensch Monika, Christoph, Ihr braucht gar nicht so angeben mit Eurem Wissen. Es hat ja nicht jeder von uns Apotheker-Eltern" murrte Angelika.

„Hey, Angelika, Du bist doch eine Heilpflanze, wozu bist Du denn gut?" piesackte Steffen sie.

„Angelika eine Heilpflanze? Bist Du noch zu retten?", stieß Xavier Steffen an.

„Für mich ist sie eine Giftpflanze, so giftig, wie sie ist."

„Ihr seid doch echt doof" fauchte Angelika die beiden an.

Jetzt mischte sich Veronika ein. „Jetzt seid mal still, denkt daran, was Herr Hempelmann angedroht hat" herrschte sie die vier an.

„Glaubst Du ihm etwa? Er hat bestimmt nur Spaß gemacht," erwiderte Angelika leise.

„Ich an Deiner Stelle wollte es nicht ausprobieren." Dem Klassensprecher Klaus entging nicht dieses Geplänkel und stieß auf sie

zu. „Mensch, könnt Ihr nicht mal mit Eurem Gemaule aufhören?",
ermahnte er sie.

„Das habe ich auch zu Ihnen gesagt, Klaus, aber so wie es aussieht,
ist das denen völlig wurscht" gab Veronika zu Antwort.

„Die wollen den Aufsatz herausfordern. Wenn Ihr so weitermacht,
melde ich es Herrn Hempelmann" drohte Klaus den Vieren.

„Petz doch" erboste sich Angelika, „nur weil sich Heinz und
Xavier über mich lustig machen."

„Verstehst Du keinen Spaß?" fragte Xavier Angelika.

„Das ist für mich kein Spaß, oder würdest Du gern nach einer
Giftpflanze benannt werden?"

„Schluss jetzt, hört auf zu streiten" Klaus wurde laut, „seid leise"
fügte er hinzu.

„Wir gehen weiter" rief der Lehrer. Er hatte zum Glück für die
Streitenden nichts von dem Gezanke mitbekommen.

Das nächste Beet, war mit Giftpflanzen bestückt worden. „Hach,
da ist ein Kraut das heißt Männertreu. Guter Name, was?" fing
Angelika zu sticheln an. „Das wäre doch für Männer was, die Ihre
Frauen erledigen möchten. Steffen, Heinz, Xavier, wisst Ihr, was
Ihr seid, Männertreu" rief sie ihnen zu.

„Ha, ha, ha" erwiderten sie höhnisch, als sie wie sonst zum
Schluss an das Beet kamen.

„Aber hier steht wirklich Männertreu. Eine Giftpflanze, igitt. Ich
möchte nicht mit Jungs und später mit Männern zu tun haben. Wenn
es so ein Kraut gibt, dann wissen wir ja, wie die Männer ticken,"
spottete Angelika. Sandra und Bettina stimmten lachend mit ein.

„Ähm, ich muss doch sehr bitten, ich bin auch ein Mann" schaltete
sich Herr Hempelmann ein. „Wenn ein Kraut so heißt, dann heißt
es noch lange nicht, dass Männer auch giftig sind" schloss er.

Die Mädchen schauten ihn betroffen an. „Entschuldigung Herr
Hempelmannn, aber wir haben doch eher an Heinz, Steffen und
Xavier gedacht." Dies kam von Sandra.

„Entschuldigung angenommen. Jetzt seid mal ruhig" sprach der Lehrer. „Und sagt mir lieber, was hier noch sonst für Giftpflanzen sind. Jetzt soll aber mal jemand anderes drankommen. Du zum Beispiel Roland."

Auf die Erde vor sich blickend zählte Roland die Namen auf: „Roter Fingerhut, Stechapfel, Wolfsmilch und Bilsenkraut."

„Und daneben noch Goldregen, gefleckter Schierling und Tollkirsche" wisperte Katrin.

Während es in den vorderen Reihen ruhig blieb, gab es in den hinteren Reihen wieder mal Unruhe. „Xavier, wiederhole bitte, was Roland und Katrin aufgezählt haben" donnerte der Lehrer.

„Hab' nicht zugehört," kam es kleinlaut von Xavier.

„Ach, nicht zugehört?" wetterte Herr Hempelmann. „Gut, ich nehme das zu Kenntnis. Ihr sollte die Folgen noch zu spüren bekommen." Die ganze Klasse schaute sich zu den Dreien um. Es wurde still.

„Mensch, könnt Ihr denn nicht mal still sein und zuhören?" zischte Klaus sie an.

„Lass uns in Ruhe, Du Klugscheißer" kam es patzig zurück.

„Steffen, sei Du ruhig, das habe ich gehört" ermahnte ihn der Lehrer. „So, jetzt weiter und bitte mehr Aufmerksamkeit. Wir sind schließlich hier, um auch etwas zu lernen und nicht um Euch blödeln zu hören."

Die Klasse schob sich von einem Beet zum Nächsten und so verging die Zeit rasend schnell. Zwischendurch bekamen sie Informationen zu hören. Fieserweise mussten sie auch Fragen dazu beantworten. Mit der Zeit ließ die Aufmerksamkeit nach, da es so langsam richtig heiß wurde.

Herr Hempelmann bemerkte die nachlassende Aufmerksamkeit seiner Schüler und sammelte sie um sich. „Ruhe, Kinder, Ruhe!", rief er. „Nachdem wir uns nun die wichtigsten Sachen angeschaut und durchgenommen haben, dürft Ihr nun die restlichen eineinhalb Stunden alleine die Anlage voll anschauen. Diejenigen aber, die vorher am wenigsten mitgemacht haben, die bleiben bei mir." Wen er wohl da gemeint hat? Er rief das Störertrio zu sich, während die restliche Klasse aufatmend sich ihres Weges trollte.

„Ihr wisst wohl, warum Ihr bei mir bleiben müsst. Es wird Zeit, dass Ihr wenigstens etwas lernt" meinte Herr Hempelmann. „Los jetzt." Mit enttäuschten Gesichtern trotteten die drei ihrem Lehrer hintendrein, bis sie an ein Frühlingsbeet zu halten kamen. Der Lehrer erklärte: „Dies sind Blumen, die eigentlich im Frühling zu sehen sind und deshalb nennt man sie? Heinz beantworte die Frage!"

Mit einem Grinsen wurde erwidert „das sind Frühlingsblüher. Das weiß ich, weil meine Mutter die so mag" kam es nach.

„Besonders die, die Hyazinthe heißt." Und leise: „So heißt meine Tante."

„Ts, Ts" meinte Herr Hempelmann daraufhin. „Das ist doch kein Frauenname. Wie ist sie zu dem Namen gekommen?" wollte der Lehrer wissen.

„Meine Oma hieß Rose und sie hat vielleicht gemeint, meine Mutter und meine Tante müssten auch Blumennamen haben. Es wäre doch schön. Es gibt vielen Blumen, die als Frauennamen bekannte sind" erklärte Heinz. Und als Heinz daraufhin gefragt wurde, antwortete er mit Stolz: „Sie heißt Magerita, schöner Name nicht? Gefällt mir."

„Heinz, wenn Dir die Namen gefallen, wie ist es möglich Blumen nicht zu mögen!" rief Herr Hempelmann. Ein Schulterzucken war die Antwort. Währenddessen machten sich Steffen und Xavier einen Spaß daraus Heinz Mutter und Tante wegen ihren Namen zu verspotten. „Ihr zwei seid mal ganz ruhig" erhob sich des Erziehers Stimme. „Es würde mich nicht wundern, wenn bei Euch beiden in der Familie auch merkwürdige Namen vorkämen."

Heinz frotzelte: „Ha, Xaviers Mutter heißt Alfonzina und Steffens Ottoline."

„Das war gemein von Dir das zu verraten" schimpften die zwei, „das gibt Rache!"

„Hier gibt es keine Rache" fuhr Herr Hempelmann dazwischen. „Ihr habt angefangen."

„Sie haben sich über die Namen meiner Mutter und Tante auch lustig gemacht" beschwerte sich Heinz.

„Tut mir leid, Heinz. Aber es sind doch komische Namen. Ich habe kaum je selber solche gehört" entschuldigte sich der Lehrer. „Jetzt wieder zurück zu diesen Blumen."

Steffen fuhr dazwischen: „Was gibt es hier und jetzt solche Frühlingsblüher? Ich dachte, wir hätten bereits Sommer."

„Steffen", ermahnte ihn der Lehrer, „wie Du bestimmt mitbekommen hast, sind wir hier auf einer Gartenschau. Da sollen nicht nur Blumen und Pflanzen gezeigt werden, die nur im Sommer blühen, sondern auch solche, die auch im Frühling und im Herbst zu sehen sind."

„Und warum nicht die, die im Winter blühen?" fragte Xavier.

„Mensch, bist Du blöd" feixte Heinz. „Überlege mal, wie lange dauert die Gartenschau?"

„Öhm, von neun Uhr morgens bis einundzwanzig Uhr abends?" spaßte Xavier.

„Aber Xavier, Heinz meint doch nicht die Tagesöffnungszeiten, sondern die Jahresöffnungszeiten" sagte lachend Herr Hempelmann.

„Ach, das. Hm, ich glaube April bis Oktober?" Auf Xaviers Gesicht strahlte die Erleuchtung.

„Richtig, also da im Winter die Gartenschau längst beendet ist, gibt es keine Winterpflanzen zu sehen," belehrte Steffen.

„Könnt Ihr mir auch Herbstblumen nennen?", fragte der Lehrer.

Mutig wagte sich Xavier vor „Ich glaube, das Heidekraut und die Erika. Bin aber nicht sicher. Ich war mit meinen Eltern mal in der Lüneburger Heide. Dort sind wir oft laufen gegangen. Und man hat uns sogar die Pflanzenwelt gezeigt. Aber mit den Namen bin ich mir nicht sicher."

„Gut, Xavier" lobte Herr Hempelmann, „es ist Dir also etwas davon im Gedächtnis geblieben. Jetzt Du Steffen. Du kennst doch bestimmt wenigstens eine Pflanze." Herr Hempelmann hatte nun Steffen im Visier.

„Nö, kenne keine und es interessiert mich auch nicht" gab Steffen patzig zur Antwort.

„Ach, aber die Jahresöffnungszeiten kennst Du" stellte Herr Hempelmann fest. „Und wenn sich Xavier und Heinz sich zusammennehmen, dann kann ich das auch von Dir fordern."

„Die weiß ich nur, weil ich schon mal hier war. Das einzige was ich toll finde, ist das Urwaldparadies" kam es zurück. „Und außerdem kann ich lesen."

„Ach, Du möchtest gerne in das Urwaldparadies, Steffen" stichelte Herr Hempelmann. „Tja, dafür ist es jetzt schon zu spät. Es ist jetzt vierzehn Uhr fünfundvierzig und um fünfzehn Uhr geht es wieder zurück. Wenn Ihr mehr mitgemacht und aufmerksamer gewesen wärt, dann hättet Ihr, wie die anderen, alleine streunen können. Nun hattet Ihr eben Pech. Ich hoffe, dass der Ausflug Euch gelehrt hat, mehr aufzupassen."

Schweigsam gingen sie zurück zum Ausgang, wo schon ein Teil der Klasse wartete. So nach und nach wurde die Klasse vollzähliger. Alle sahen fröhlich aus, nur die gewissen Drei nicht. Erlebnisse wurden ausgetauscht, die sich allerdings ähnelten. Offenbar hatte der Rest der Klasse schnellstmöglich die Anlage durchlaufen, um sich wiederum eiligst im Urwaldparadies einzufinden.

Nur Heinz, Steffen und Xavier, die schauten Ihre Klassenkameraden neidisch an. Aber als sie gefragt wurden, da schwärmten sie von der Anlage. Schließlich musste man sich beim Lehrer einschmeicheln, um ja keinen Aufsatz schreiben zu müssen. Ob Herr Hempelmann das auch so sah?

Michael Kerawalla

Silby

Robert war einer der Gärtner, die sich auf der Gartenschau um die Anpflanzungen kümmerten. Mit seinen fünfundvierzig Jahren hatte er schon zahlreiche Gartenschauen betreut und seine Anlagen waren stets mit viel Liebe zum Detail entstanden. Er hatte immer wieder wunderschöne Beete angelegt, welche die Besucher begeisterten und in Erstaunen versetzten! Doch dieses Jahr wollte sich die Pflanzung einfach nicht recht entfalten. Er hatte auch diesmal die richtigen Pflanzen für den Standort ausgewählt, hatte die Bodenqualität geprüft und für ausreichende Bewässerung gesorgt. Auch das Wetter hatte mitgespielt, so dass die Pflanzung eigentlich zu voller Pracht gedeihen sollte, jedoch wollten die Büsche und Blumen einfach nicht so recht wachsen und blühen. Da auch keine Schädlinge den Pflanzen zusetzten, war Robert schließlich mit seinem Latein am Ende. Seine Kollegen wussten auch keinen Rat, so wanderte der Gärtner eines Abends nochmals besorgt durch die Anlage. Nur wenige Tage verblieben noch bis zur Eröffnung der Gartenschau. Wie schon so oft prüfte er den Boden und suchte nach Schädlingen, aber es war alles in Ordnung. Da hörte er plötzlich einen Hilferuf! Robert schreckte hoch. Um diese Zeit durfte sich doch niemand auf der Anlage aufhalten. Wieder hörte er den Hilferuf. Das war doch die Stimme eines jungen Mädchens. Wie war die denn auf das abgesperrte Gelände gelangt? Der Gärtner erhob sich und lief los in Richtung des Rufes. Er brauchte nicht lange zu suchen. In der Krone eines nahegelegenen Baumes sah er schließlich das Mädchen, dessen linker Fuß sich in einer Astgabel verfangen hatte. Sie konnte sich nicht selbst befreien, also holte Robert rasch eine Leiter und stieg zu ihr hinauf. Wenig später hatte er ihren Fuß aus der Umklammerung gelöst und half ihr dann auf, worauf sie sich kleinlaut bedankte.

Doch als das Mädchen versuchte, auf ihrem verletzten Fuß zu stehen, stieß sie nur einen Schmerzensruf aus und zog das linke Bein an. »So kannst du nicht über die Leiter absteigen«, meinte Robert und überlegte kurz. »Dann muss ich dich wohl tragen. Halt dich gut an mir fest«, sagte er an das Mädchen gewandt. Sie war allerhöchstens sechzehn Jahre alt und recht zierlich, so dass sie der kräftige Gärtner sicher heben konnte. Nachdem sie etwas verlegen die Arme um seinen Hals gelegt hatte, umschlang er ihre Hüfte und hob sie ein wenig an. Dann hangelte er sich langsam und vorsichtig die Leiter hinunter, was mit nur einer freien Hand nicht ganz einfach war, doch schließlich erreichten beide sicher den Boden, wo Robert das Mädchen zuerst einmal sitzend gegen den Baumstamm lehnte. Sie hatte ein hübsches Gesicht und lange, helle Haare, die bis zum Rücken herunter reichten. Ihr grünes Kleid endete in einem kurzen Rock. Schuhe schien sie keine zu besitzen. Der Gärtner untersuchte kurz ihren verletzten Fuß, was sie mit schmerzverzerrtem Gesicht erduldete. »Hast Glück, der ist wohl nicht gebrochen, nur gequetscht und verstaucht. Trotzdem sollte sich das ein Arzt ansehen.« Er sah kurz auf seine Armbanduhr. »Um diese Zeit sind alle Praxen schon geschlossen, da muss ich dich wohl zum Notdienst fahren.« Das Mädchen sah ihn darauf nur fragend an. »Sag mal, wie heißt du und wie bist du überhaupt hierher gekommen?«, fragte Robert verwundert.

»Mein Name ist Silby. Ich war gerade auf einem Kontrollflug und habe nicht richtig aufgepasst, deswegen bin ich in den Baum gestürzt«, war die überraschende Antwort des Mädchens.

Robert sah sie ungläubig an. »Hör auf mich zu veralbern. Du kannst doch gar nicht fliegen!«

»Und ob ich fliegen kann!«, rief Silby empört und entfaltete zwei Paar libellenartige Flügel auf ihrem Rücken. »Schließlich bin ich eine Elfe! Alle Elfen können fliegen!«

Der Gärtner bekam große Augen und schüttelte sich. Das Mädchen hatte tatsächlich Flügel! Aber das konnte doch gar nicht sein! Elfen gab es doch nur im Märchen. Er träumte das doch gerade nicht. Trotzdem saß da vor ihm ein Mädchen mit Flügeln, das behauptete eine Elfe zu sein! »D ... du bist ... wirklich ... eine Elfe ... und ... kannst fliegen?«, stotterte er verwirrt.

»Normalerweise ja, aber bei dem Sturz ist einer meiner Flügel verletzt worden, so dass ich nicht mehr abheben kann«, gestand Silby kleinlaut.

In der Tat war der linke vordere Flügel zur Hälfte eingerissen, wie Robert jetzt bemerkte. »Tut das weh?«, fragte er vorsichtig.

»Nur wenn ich den Flügel bewege«, antwortete Silby und klappte ihre Schwingen wieder zusammen.

Der reichlich verwirrte Gärtner ordnete erst einmal seine Gedanken. Unter diesen Umständen war es nicht gut eine Klinik aufzusuchen. Wer weiß, was man dort alles mit ihr anstellen würde. Er räusperte sich verlegen. »Dann werde ich jetzt deinen Fuß verarzten. Du hast sicher Schmerzen.«

»Hmmm«, summte Silby bestätigend und nickte mit schmerzverzerrtem Gesicht.

So nahm der Gärtner sie vorsichtig auf die Arme und trug sie zu dem kleinen Aufenthaltsraum, wo die Arbeiter tagsüber ihre Pause verbrachten. Dort setzte er sie behutsam auf einen Stuhl. »Ich hole nur geschwind etwas Salbe, bin gleich zurück«, rief er ihr zu und eilte hinaus.

Silby sah sich in dem Raum um. Neben einigen Tischen und Stühlen standen an der gegenüberliegenden Wand noch zwei große, bunte Kästen, die an mehreren Stellen leuchteten. Einer davon summte leise. So etwas hatte sie noch nie gesehen, deshalb musterte sie die beiden Quader interessiert, bis Robert wieder eintrat. Er zog sich einen Stuhl heran und setzte sich gegenüber der Elfe hin, hob dann behutsam ihr linkes Bein an und legte ihren Fuß auf seinen Schoß. Dann öffnete er die Tube mit der Salbe und verteilte diese vorsichtig auf den verletzten Stellen. Anschließend wickelte er einen Verband darum, um den Fuß zu stabilisieren.

»So, fertig. Jetzt müssten die Schmerzen schnell nachlassen.«
Silby bedankte sich verlegen, während Robert sich die Hände wusch.
Als er wieder Platz nahm, fiel ihm ein, dass er sich noch gar
nicht vorgestellt hatte. Das holte er nun rasch nach. Dann blickte
er die Elfe nachdenklich an. »Was mach ich nun mit dir? Deinen
eingerissenen Flügel kann ich leider nicht behandeln.«

»Das können nur die Elfen aus meiner Sippe, aber ich kann dort
weder hinlaufen noch fliegen«, meinte Silby ein wenig verzweifelt.

»Wo wohnt denn deine Sippe?«, fragte Robert vorsichtig. »Vielleicht
kann ich dich bis dorthin tragen.«

»Danke, das ist lieb von dir, aber du darfst dort nicht hingehen.
Eigentlich hätte ich mich nicht einmal dir zeigen dürfen, doch ich
wusste mir einfach nicht anders zu helfen«, gestand die Elfe
kleinlaut.

»Dann solltest du auch nicht hierbleiben, denn da sehen dich
noch viel mehr Menschen«, gab Robert zu bedenken.

»Oh nein, das geht auf keinen Fall!«, rief Silby erschrocken.

»Kannst du deine Sippe nicht irgendwie rufen, oder ihnen eine
Nachricht zukommen lassen, damit sie dich hier abholen?«, fragte
Robert.

Silby schüttelte resigniert den Kopf. »Das geht von hier aus
leider nicht. Ach je, was soll ich denn nur machen?«, fragte sie
schließlich verzweifelt.

Robert überlegte kurz. »Kannst du sie rufen, wenn ich dich
etwas näher zu ihnen bringe?«

»Selbst das darfst du nicht«, antwortete Silby niedergeschlagen.
»Sonst bekomme ich furchtbaren Ärger!«

»Wenn du längere Zeit nicht zurückkehrst, werden sie sich aber
bestimmt große Sorgen um dich machen!«, meinte Robert ahnungsvoll.

Die Elfe nickte mit traurigem Blick. »Das ist ja das Problem!
Ich bekomme auf jeden Fall großen Ärger, was ich auch tue, und
das nur, weil ich so furchtbar schusselig bin!«

»Das ist doch nicht schlimm, wir alle machen Fehler«, versuchte der Gärtner sie zu beruhigen.

»Ja, schon, aber ich mache noch viel mehr Fehler, als die anderen!«, sagte Silby mit Tränen in den Augen. »Deswegen wachsen auch die Pflanzen da draußen nicht richtig, weil ich meine Magie nicht korrekt einzusetzen weiß. Alle anderen Elfen können das gut, nur ich nicht!«

»Ich glaube nicht, dass das etwas mit Magie zu tun hat«, meinte Robert schmunzelnd.

»Doch, das ist so! Nur wenn wir Elfen unsere Magie mit den Pflanzen teilen, gedeihen sie. Aber mir gelingt das einfach nicht! Ich bin eben keine gute Elfe« Silbys Stimme drohte zu brechen.

»Nun hör aber auf!«, polterte Robert und streichelte der Elfe über die Haare. »Du kannst das sicher genauso gut, wie die anderen Elfen. Vielleicht fehlt dir nur ein wenig Übung.«

Silby sah ihn mit feuchten Augen an. »Meinst du?«

Der Gärtner nickte bestätigend. »Da bin ich mir ganz sicher!«

»Vielleicht hast du ja recht. Mir fehlt es nämlich oft auch an der nötigen Geduld«, gab die Elfe kleinlaut zu.

»Aha!«, brummte Robert in gespielter Empörung, worauf Silby den Kopf einzog. »Dann muss diese kleine Elfe hier wohl erst einmal üben geduldig zu lernen!«

Das Elfenmädchen sah ihn mit gesenktem Kopf ziemlich verlegen an. »Wahrscheinlich hast du recht«, piepste sie leise.

»Du schaffst das schon!«, sagte der Gärtner aufmunternd und verstrubbelte ihr schmunzelnd die Haare. Anschließend blickte er nach draußen, wo sich die Sonne bereits dem Horizont näherte. »Dann sag mir doch, wo deine Sippe wohnt, damit ich dich dorthin tragen kann, bevor die Sonne untergeht.«

»Ich sagte dir doch, dass du das nicht darfst, weil ich sonst großen Ärger bekomme!«, antwortete Silby betrübt.

»Sie werden dir schon nicht gleich den Kopf abreißen. Ich kann ja auch ein gutes Wort für dich einlegen«, meinte Robert beruhigend.

»Das wird nichts nützen, aber ich habe wohl keine andere Wahl«, sagte Silby niedergeschlagen.

»Na gut«, sagte Robert, erhob sich, nahm die Elfe wieder auf die Arme und verließ zusammen mit ihr das Gebäude. Draußen zeigte ihm Silby die Richtung, in die er sich wenden musste. Sein Weg führte ihn unter zwei mächtigen Eichen hindurch, wobei ihm kurz die Sicht verschwamm, dann befand er sich plötzlich in einer ganz anderen Gegend! Vor ihm war in geringer Entfernung ein großes Waldgebiet zu sehen, vor dem sich eine schmale Grasebene erstreckte.

»Nanu, was ist denn jetzt passiert?«, fragte Robert verwirrt.

»Ich habe dich in ein magisches Portal geführt, durch das wir eure Welt betreten und verlassen. Mit Hilfe meiner Magie konntest du es durchdringen, sonst wäre dir das nicht möglich und eigentlich darfst du das auch nicht, aber diesmal ging es eben nicht anders. Dort vorne, in dem Wald lebt meine Sippe. Bitte setze mich hier ab und geh gleich wieder zurück. Ich kann das Portal nur kurze Zeit offen halten.

Robert setzte die Elfe sanft im Gras ab und streichelte ihr noch einmal über die Haare. »Soll ich denn nicht mit den Elfen reden, damit sie nicht zu sehr mit dir schimpfen?«, fragte er vorsichtig.

»Danke, das ist lieb von dir, aber das verursacht nur noch mehr Ärger, als ich sowieso bereits habe. Ich werd's schon überstehen«, sagte Silby ein wenig ängstlich.

»Na gut, dann bleibt mir nur, dir alles Gute zu wünschen. Werden wir uns wiedersehen?«

»Vielleicht, wenn die Elfen mir nicht verbieten, eure Welt nochmals zu betreten.« Dabei hatte sie Tränen in den Augen. Dann umarmte sie Robert ein weiteres Mal. »Danke für alles«, flüsterte sie mit rauer Stimme.

»Gern geschehen, liebe kleine Silby«, antwortete Robert und schluckte heftig, während er sich erhob. Dann streichelte er noch einmal über ihren Kopf und wandte sich schweren Herzens zum

Gehen. »Mach's gut!«, sagte er mit belegter Stimme und feuchten Augen. Sie winkten sich beide nochmals zu, dann durchschritt der Gärtner das Portal zwischen den Eichen und befand sich im nächsten Moment wieder auf dem Gartenschaugelände. Er sah noch einmal sehnsüchtig zurück, doch das Portal hatte sich bereits geschlossen. »Arme kleine Elfe, hoffentlich bestrafen sie das Mädchen nicht zu hart«, dachte der Gärtner, als er sich schließlich mit einem Wirrwarr an Gefühlen auf den Heimweg machte. Auch zu Hause verfolgte ihn das Erlebnis mit der Elfe noch längere Zeit und er machte sich tatsächlich ernsthafte Sorgen um das Mädchen. Irgendwie hatte die kurze Begegnung mit dem liebenswerten Schussel eine Saite in ihm zum Klingen gebracht, die nun nicht mehr verstummen wollte, was wohl daran lag, dass Robert alleine lebte. Bis heute hatte er noch keine Partnerin gefunden, die seine Liebe zur Natur teilte. Dabei wollte er doch so gerne eine Familie mit Kindern haben, was ihm bisher jedoch leider versagt blieb.

Auch an den folgenden Tagen musste er oft an Silby denken, doch er ließ sich nichts anmerken und ging wie gewohnt seiner Arbeit auf dem Gartenschau-Gelände nach. Was würden seine Kollegen wohl sagen, wenn er von der Begegnung mit der Elfe erzählte. Im besten Falle konnte er mit freundlichem Gefrotzel rechnen. Er selbst hätte ja mit Sicherheit genauso reagiert, wenn einer seiner Kollegen diese Geschichte erzählen würde. Also behielt er seine Gedanken und Sorgen für sich und schwieg. Leider änderte sich auch weiterhin nichts am Zustand der Beete, was Robert insgeheim dazu brachte, doch noch Silbys Worten zu glauben, dass die Pflanzen nur richtig gediehen, wenn die Elfen ihre Magie mit ihnen teilten. Schließlich brach der letzte Tag vor der Eröffnung der Gartenschau an. Als Robert an diesem Morgen das Gelände betrat, traute er seinen Augen nicht. Alle Pflanzen hatten sich scheinbar über Nacht zu voller Pracht entwickelt und ein Meer aus bunten Sträuchern und Blumen flutete die Anlage! Noch nie hatte der Gärtner eine solch überwältigende

Blütenpracht erlebt und stand nur noch staunend, voller Verwunderung vor der bunten Herrlichkeit. Seinen Kollegen erging es nicht anders und bald ging das scherzhafte Gerücht um, dass Robert irgendwelche Zauberkräfte besaß, die all dies bewirkt hatten. So wurden die letzten Vorbereitungen für die morgige Eröffnung der Gartenschau durchgeführt und alle Mitarbeiter gingen am Abend erleichtert und erfreut nach Hause, denn so würde auch dieses Jahr die Veranstaltung ein voller Erfolg werden. Nur Robert blieb, wie schon oft, noch alleine auf dem Gelände zurück und erledigte die letzten Handgriffe. Gerade lockerte er an einer Stelle noch einmal die Erde auf, als er plötzlich ein Summen hörte, das zu laut für ein Insekt war. Im nächsten Moment landete eine Elfe vor ihm! Wegen der tiefstehenden Sonne konnte er nicht gleich ihr Gesicht sehen, doch als sie näher kam, erkannte er das Mädchen sofort. »Silby!«, rief er erfreut, erhob sich rasch und umarmte die Elfe stürmisch. »Endlich bist du wieder da!«

Das Mädchen war von seiner heftigen Reaktion überrascht, umarmte ihn dann aber auch glücklich.

»Ich habe mir Sorgen um dich gemacht! Wie geht es dir denn?«, fragte der Gärtner.

»Du hast dir wirklich Sorgen um mich gemacht?«, fragte Silby erstaunt.

»Oh ja, und wie!«, bestätigte Robert. »Ich musste immerzu an dich denken und habe befürchtet, dass die Elfen dich hart bestrafen!«

»Ich bekam schon recht viel Ärger wegen meiner Verfehlungen. Unser Oberster war ziemlich sauer und hat mir eine lange Strafpredigt gehalten, doch der Schamane konnte ihn beruhigen und davon überzeugen, dass eine schwere Strafe auch nichts ändern würde. Statt dessen musste ich die folgenden Tage ständig Magie und Fliegen üben, von morgens bis abends. Das war ganz schön hart und für mich bereits Strafe genug! Aber es hat sich gelohnt durchzuhalten. Jetzt beherrsche ich meine Magie wenigstens endlich vollständig und fliegen kann ich nun auch wesentlich besser.«

»Oje, das war bestimmt nicht einfach für dich«, sagte Robert.

»Oh nein, ganz sicher nicht! Aber ich bin ja selbst schuld, weil ich immer so ungeduldig war. Diesmal habe ich deinen Rat befolgt und mich in Geduld geübt, wenn es auch oft schwerfiel«, gestand Silby ein wenig verschämt.

Robert lächelte vergnügt und drückte die Elfe noch einmal herzlich. »Ach Silby, ich bin so froh, dass du wieder da bist!«

»Ich habe dich auch sehr vermisst«, gab die Elfe darauf verlegen zu. »Zuerst wollte mich der Oberste nicht mehr zu dir lassen, doch schließlich ließ er sich doch erweichen und hat es mir erlaubt. So konnte ich mich wenigstens für deine Hilfe bedanken. Ich hoffe, dass ich letzte Nacht alles richtig gemacht habe und der Garten deinen Vorstellungen entspricht.«

»Robert bekam große Augen. »Dann hast du das alles hier vollbracht?«, fragte der Gärtner beeindruckt und machte eine ausholende Geste.

»Hmmm!«, summte Silby vergnügt und mit strahlendem Lächeln. »Ich hoffe, ich habe dir damit eine kleine Freude gemacht.«

»Du hast mir sogar eine sehr große Freude bereitet!«, versicherte Robert. »So schön haben die Gärten noch nie geblüht!« Dann streichelte er mit einer Hand über ihre Haare. »Danke! Das hast du ganz toll gemacht!«

Silby wurde kurz rot vor lauter Verlegenheit. »Es freut mich, wenn es dir gefällt!«, sagte sie glücklich.

»Das tut es mit Sicherheit! Dass du wieder da bist, freut mich jedoch am meisten!«, sagte Robert fröhlich. »Ich hoffe, du musst nicht gleich wieder gehen.«

»Silby schüttelte lächelnd den Kopf. »Nein, ich darf so lange bleiben, wie ich will.«

»Das ist schön«, meinte Robert erfreut.

»Übrigens möchte dich unser Oberster und der Schamane gerne kennenlernen«, sagte die Elfe fröhlich.

»Die wollen mich kennenlernen?«, fragte der Gärtner ungläubig.

»Hmmm!«, summte Silby wieder vergnügt und nickte.

»Muss ich mich dafür schön anziehen?«, fragte Robert unsicher.

Silby lachte auf. »Nein, musst du nicht!«

»Wann und wo soll denn das Treffen stattfinden?«

»Den Zeitpunkt darfst du bestimmen. Ich werde dich dann nochmals durch das magische Portal führen, denn hier ist das Risiko zu groß, dass wir von anderen Menschen gesehen werden«, erklärte Silby.

Robert nickte verstehend und dachte kurz nach. »Dann wäre es das Beste, wenn wir uns gleich heute treffen, falls euch das auch recht ist. Denn während der Gartenschau habe ich immer sehr viel zu tun und arbeite oft bis in die Nacht hinein.«

»In Ordnung«, sagte Silby gut gelaunt. »Komm bitte mit«, bat sie mit einer auffordernden Geste. Dann machten sie sich zu Fuß auf den Weg.

»Sag mal, wie begrüßt ihr Elfen euch eigentlich?«, wollte Robert wissen.

Silby blieb stehen, legte die rechte Hand auf die Brust und verneigte sich leicht. »So machen wir das«, erklärte sie freundlich.

Der Gärtner bedankte sich und lief dann mit wachsender Nervosität neben Silby her, wobei es ihn erstaunte, wie gelassen die Elfe blieb. Schließlich würden sie gleich zwei hochrangigen Vertretern der Elfen begegnen. »Muss ich irgendetwas bei dem Treffen beachten, oder mich besonders verhalten?«

»Nein, musst du nicht«, antwortete Silby gerührt, blieb stehen und nahm seine Hand. »Keine Sorge, sie wollen dich nur kennenlernen, das ist alles. Du brauchst dich nicht zu fürchten. Sie werden nicht mit dir schimpfen, oder dich bestrafen. Verhalte dich einfach wie immer. Sie werden dich sicher mögen!«

»Meinst du?«, fragte Robert unsicher.

»Ganz bestimmt!«, antwortete Silby beruhigend und streichelte seine Hand.

»Hoffen wir's«, meinte der Gärtner skeptisch.

Kurze Zeit später durchschritten sie das magische Portal zwischen den Eichen und gingen bis zum Waldrand, wo Silby stehen blieb.

»Warte bitte einen Moment, ich werde die Elfen rufen.« Sie schloss kurz die Augen und konzentrierte sich. Robert war immer noch nervös, weshalb sie nochmals seine Hand streichelte und ihm ein liebevolles Lächeln schenkte. Kurze Zeit später hörten sie ein lautes Summen, dann landeten zwei männliche Elfen vor ihnen, welche die gleiche Größe wie Robert hatten. Allerdings waren sie feingliedriger als der kräftige Gärtner. Beide trugen eine Tunika mit knielanger Hose. Robert hatte erwartet, dass ihre Kleidung gemäß ihrem Rang geschmückt war, oder zumindest gewisse Statussymbole zeigte, doch die Tuniken waren nur einfach gemustert. Beide verbeugten sich auf die gleiche Art, wie Silby es dem Gärtner zuvor gezeigt hatte, worauf Silby und Robert die Geste wiederholten.

»Seid gegrüßt!«, sagte der Elf, welcher Robert gegenüber stand. »Sein Name ist Serem'Gor, unser Schamane.« Dabei zeigte er auf den Elf neben sich. »Ich bin Genjo Larin, der Oberste dieser Elfensippe«, stellte sich der Elf anschließend selbst vor. »Dein Name ist Robert?«, fragte er dann den Gärtner.

Der verbeugte sich nochmals etwas steif. »Jawohl.« Durch ihre zierliche Gestalt erschienen die Elfen größer, als sie waren. Zusammen mit ihren edlen Gesichtszügen wirkten sie ein wenig einschüchternd auf Robert.

Über das Gesicht des Obersten huschte ein Lächeln. »Willkommen auf dieser Welt!« Der Elf musterte den Gärtner kurz. »Vielen Dank, dass du unserer Silby geholfen hast und sie wieder zu uns brachtest.«

»Das ... habe ich gerne gemacht«, antwortete Robert unsicher. »Falls ich dabei etwas Unrechtes getan habe, tut es mir leid. Das war keine Absicht.«

»Keine Sorge, du hast nichts Unrechtes getan. In diesem Fall blieb dir nichts anderes übrig, als das Portal zu durchqueren, da Silby weder fliegen, noch laufen konnte. So hast du von unserer Sippe und dieser Welt erfahren. Ich kann dich nur bitten, dein Wissen nicht weiter zu geben«, sagte Genjo Larin.

»Das verspreche ich gerne. Ich werde bestimmt niemandem davon erzählen«, versicherte Robert. »Darf ich wenigstens Silby von Zeit zu Zeit wiedersehen?«

»Ihr dürft euch so oft und solange sehen, wie ihr wollt«, war die überraschende Antwort des Obersten. »Allerdings muss ich darauf bestehen, dass ihr eure gemeinsame Zeit auf dieser Welt verbringt, damit keine weiteren Menschen auf uns aufmerksam werden. Deshalb wird dir Serem'Gor die Fähigkeit geben, das Portal zu durchdringen. Nur du alleine darfst hindurchgehen, niemand sonst!«

»Danke ... das ist ... sehr freundlich von euch!«, meinte Robert, der sein Glück nicht fassen konnte und erfreut Silby an sich drückte. Die Elfe umarmte ihn mit einem strahlenden Lächeln und bedankte sich ebenfalls bei Genjo Larin. Dann machte der Schamane einen Schritt auf Robert zu.

»Darf ich dich berühren?«, fragte Serem'Gor respektvoll.

»Aber sicher!«, antwortete der Gärtner.

Der Schamane legte ihm die Hand auf den Kopf und murmelte etwas Unverständliches. Im nächsten Moment fühlte der Gärtner, wie er für kurze Zeit von angenehmer Wärme durchströmt wurde.

»Nun kannst du das Portal passieren. Sei aber sehr vorsichtig, dass dich niemand dabei beobachtet!«, ermahnte ihn der Schamane. »Du solltest zuvor prüfen, ob eine Durchquerung gefahrlos möglich ist. Silby wird dir zeigen, wie das geht.«

»Vielen Dank! Ich werde gut aufpassen«, versprach Robert.

»Nur wenigen Menschen wurde dieses Privileg zuteil, unsere Welt zu betreten. Solange du uns mit Respekt und Anstand begegnest, hast du nichts zu befürchten. Missbrauchst du jedoch dieses Geschenk, musst du unsere Welt sofort verlassen und darfst nicht mehr zurückkehren!«, ermahnte ihn Genjo Larin. Dann wandte er sich Silby zu. »Erkläre ihm unsere Regeln und Gebräuche, damit er sich nicht aus Unwissenheit etwas zu Schulden kommen lässt.«

»Das mache ich gerne!«, versicherte die Elfe.

»Und sei in Zukunft vorsichtiger!«, ergänzte der Oberste mit strengem Blick.

Silby zog unbewusst den Kopf ein. »Ich versprech's«, antwortete sie kleinlaut.

Genjo Larin nickte ihr zu, worauf sich sein Gesicht aufhellte. »Dann bleibt mir nur, euch eine angenehme Zeit zu wünschen.«

»Vielen Dank für alles!«, gab Robert zurück und machte eine leichte Verbeugung. Auch Silby bedankte sich nochmals bei ihm.

»Gern geschehen«, bestätigte der Oberste und gab Serem'Gor einen Wink. Beide verabschiedeten sich mit einer leichten Verbeugung. Dann hoben sie ab und flogen in den Wald zurück.

Silby hüpfte darauf mehrmals vor Freude und umarmte Robert überglücklich. »Wir dürfen tatsächlich zusammenbleiben! Wie mich das freut!«

Der Gärtner drückte sie liebevoll an sich. »Ach, kleine Silby, ich bin ja auch so froh darüber!« So standen sie beide längere Zeit eng umschlungen beisammen und genossen die gegenseitige Nähe. Mittlerweile hatte es zu dämmern begonnen und Robert sah auf seine Uhr. »Oh, schon so spät!« Ich sollte bald zurückkehren, denn morgen muss ich früh aufstehen, weil die Gartenschau beginnt. Dann habe ich zwar sehr viel zu tun, doch ich verspreche dir, dass ich so oft wie möglich zu dir kommen werde.«

»Darüber würde ich mich sehr freuen!«, antwortete Silby mit strahlendem Lächeln. »Denk einfach nur intensiv an mich, wenn du das Portal durchschritten hast, dann weiß ich, dass du da bist, und werde so schnell wie möglich zu dir kommen.«

»Das mache ich!«, versprach Robert. »Komm, lass uns noch ein wenig spazieren gehen, bevor es ganz dunkel wird. Ich möchte so oft und so lange wie möglich bei dir sein.«

»Das will ich auch!«, gab Silby glücklich zurück.

So schlenderten sie Arm in Arm über die Grasebene und plauderten fröhlich, bis die Sonne knapp über dem Horizont stand. »Jetzt muss ich leider gehen, aber wir sehen uns bestimmt bald wieder«, versprach Robert.

Silby begleitete ihn noch bis zum Portal und zeigte ihm, wie er es gefahrlos durchqueren konnte. Sie umarmten sich noch einmal liebevoll, dann winkten sie sich zu, während Robert erneut auf die andere Seite mit dem Gartenschaugelände wechselte. Dort machte er sich rasch auf den Heimweg.

In den folgenden Tagen gab es viel zu tun, doch der Gärtner hatte wie üblich viel Spaß bei seiner Tätigkeit, pflegte die Beete und beantwortete den Besuchern gern ihre Fragen. Er erteilte Informationen für die Gestaltung von Grünanlagen und gab mit Freude seine lang-jährigen Erfahrungen als Gärtner weiter. Dabei war er so fröhlich wie nie zuvor, was auch seinen Kollegen angenehm auffiel, und schon bald ging das Gerücht um, dass Robert eine heimliche Freundin hatte. So falsch lagen sie da gar nicht, doch sie hätten sehr gestaunt, wenn sie die Wahrheit erfuhren. Die behielt Robert jedoch für sich und kostete jede Minute aus, die er mit Silby verbringen durfte. Die beiden sahen sich, so oft es ging, und genossen ihre gemeinsame Zeit. Das ist bis heute so geblieben und beide sind immer noch glücklich miteinander!

Dank Silbys Magie gediehen die Pflanzen weiterhin prächtig und die Gartenschau wurde ein großer Erfolg!

Zauberhafte Führung über die Gartenschau

Heute besuchte ich zum ersten Mal die Rems-Gartenschau in Waiblingen. Ich hatte mich zu einer Führung angemeldet, die bei den Rems-Terrassen beginnen sollte. Dort traf ich auch pünktlich ein. Es befanden sich bereits weitere acht Personen dort, wovon eine ein sehr hübsches junges Mädchen war, das ein kurzes Kleid trug, welches scheinbar aus Blättern gemacht war. Sie war etwas kleiner als die restlichen Personen, sehr zierlich und lief Barfuß. Es war ein sonniger, angenehm warmer Tag, so würde sie sich bestimmt nicht erkälten. Ich fand die Kleidung des Mädchens sehr originell, erinnerte sie mich doch stark an die Elfen aus meinen Kinderbüchern. Es stellte sich heraus, dass sie heute die Führung durch die Gartenschau leiten sollte, was sie auch mit Engagement tat. Freundlich und mit glockenheller Stimme erklärte sie uns alles, beantwortete geduldig unsere Fragen und hatte dabei immer das liebenswerteste Lächeln auf den Lippen, das ich je gesehen hatte. Ich fand sie einfach nur bezaubernd. Auch die anderen Teilnehmer der Führung hatten sie bald in ihr Herz geschlossen und genossen die Führung mit dem zauberhaften Mädchen sehr. Sie führte uns weiter, an der Rems entlang, erläuterte hingebungsvoll und mit großem Fachwissen die uns umgebende Natur, erklärte die Bedeutung der Kuben, welche dort ausgestellt waren, bis wir schließlich auf der Kunstlichtung ankamen. Auch hier erklärte sie uns alles Wissenswerte und machte diesen Ort zu etwas Besonderem. Schließlich kamen wir am Überlaufbecken an, wo die Führung leider bald zu Ende war. Jeder von uns hätte diesem wunderbaren Wesen gerne noch stundenlang weiter gelauscht, doch sie musste bereits zur nächsten Führung. Nach einer herzlichen Verabschiedung und großem Applaus klappte das Mädchen plötzlich auf ihrem Rücken zwei Paar libellenartige Flügel aus, ließ sie immer schneller schlagen und hob dann mit sanftem Summen ab. Ihr Schmunzeln verwandelte sich in ein glockenhelles Lachen, als sie unsere verdutzten Gesichter sah, während sie in Richtung der Rems-Terrassen davonflog. Wir konnten es nicht fassen, sie war tatsächlich eine Elfe!

Die wunderbare Reise

Eine Weihnachtsgeschichte

Es war der Abend des dreiundzwanzigsten Dezembers und Lisa lag, wie schon so viele Male zuvor, im Krankenhaus. Das zehnjährige Mädchen hatte Krebs im Endstadium und war bereits, wie es die Ärzte so schön nannten, austherapiert. Lisa hatte gehofft Weihnachten zu Hause mit ihren Eltern verbringen zu können, doch leider hatte sich ihr Zustand rapide verschlechtert, so dass ein Krankenhausaufenthalt unumgänglich war. Nun lag sie müde und traurig in dem abgedunkelten Zimmer. Das vertraute Summen und Klicken der Apparate, die ihre Lebensfunktionen überwachten, machte sie schläfrig und alsbald fielen ihr die Augen zu. Kurze Zeit später erschien eine Gestalt neben ihrem Bett. Es war ein Junge, etwas älter als sie selbst, der von einem seltsamen Licht umhüllt wurde! Er hatte ein freundliches Gesicht und seine Aura war warm und herzlich.

»Sei gegrüßt kleine Lisa«, sagte der Junge freundlich. »Mein Name ist Dyriell und ich möchte dich auf eine wunderschöne Reise mitnehmen.«

Lisa sah ihn verwundert an. Wo kam dieser Junge nur so plötzlich her? War er etwa ein Engel? »Muss ich denn heute schon sterben?« fragte Lisa unglücklich.

Der Junge lächelte sanftmütig und schüttelte den Kopf. »Nein, dazu ist es noch zu früh. Du sollst mich nur auf einer kurzen, aber angenehmen Reise ein Stück weit begleiten. Dir kann dabei nichts geschehen, denn ich werde gut auf dich aufpassen und dich wohlbehalten zurückbringen. Du wirst staunen, denn es gibt viele interessante Dinge zu entdecken und zu erfahren! Möchtest Du mich begleiten?« fragte der Junge freundlich.

»Warum soll ich ihn nicht begleiten?« dachte Lisa. »Immer noch besser, als hier in diesem langweiligen Zimmer alleine zu liegen.«

Dyriell schien ihre Gedanken zu erraten und streckte lächelnd eine Hand nach ihr aus. Lisa ergriff sie und im nächsten Moment schwebte sie mit dem Jungen aus dem Zimmer in den mit Sternen übersäten Nachthimmel. Kurze darauf erreichten sie einen Wald und Dyriell zeigte ihr all die Lebewesen, die dort lebten, vom winzigen Insekt bis zum majestätischen Hirsch. Er zeigte ihr auch die zahlreichen Pflanzen und erklärte ihr, wie sie entstanden waren, wie sie diesen Lebensraum einst besiedelten und welche Rolle sie in der Natur spielten. Dyriell beschrieb jedes Detail, beantwortete geduldig Lisas Fragen und erläuterte in welchem Zusammenhang all die Lebewesen zueinander standen. Bald schon begriff Lisa, welch ein faszinierender und vielseitiger Ort dieser Wald war. Dann führte Dyriell sie weiter in eine Wüste, zeigte Lisa, dass dieser scheinbar so lebensfeindliche Ort doch die Heimat vieler Lebewesen war! Wieder beschrieb er die einzelnen Bewohner und mit welch beeindruckenden Strategien sie den Mangel an Wasser, die große Hitze am Tag und die eisige Kälte bei Nacht überstanden. Lisa staunte nicht schlecht und bald bewunderte sie die Bewohner dieses kargen Lebensraumes. Weiter ging es ins Hochgebirge, dann in die Sümpfe, in die Tundra, in die Steppe, bis tief in die Regenwälder. Sogar ins Meer tauchten sie hinab! Lisa hatte zuerst Angst, sie würde hier unten ertrinken, doch das Atmen unter Wasser bereitete ihr erstaunlicherweise keine Mühe. Auch hier erklärte Dyriell ihr all die verschiedenen Lebensräume, von den lichtdurchfluteten tropischen Riffen mit ihren zahllosen Bewohnern bis hinab in die dunkle, kalte Tiefsee! Lisa war fasziniert von all dem Leben und wie es zusammen wirkte. Dabei vergaß sie ganz, wie krank sie eigentlich war und wie schlecht sie sich noch kurz zuvor gefühlt hatte. Sie verstand nun immer mehr, wie komplex und trotzdem sensibel dieses faszinierende Netzwerk aus Biotopen war, wie all das Wirken der Lebensräume und ihrer Bewohner ineinander griff und ein faszinierendes Ganzes bildete! So überkam Lisa bald eine tiefe Ehrfurcht vor dem Leben auf ihrer Welt. Gleichzeitig musste sie mit ansehen, wie die Menschen mit ihrem rücksichtslosen Handeln nahezu alle Lebensräume immer mehr in Gefahr brachten, zerstörten und ausbeuteten. Jetzt begriff sie den Sinn dieser Reise! Genau diese Ehrfurcht und diese Erkenntnis wollte Dyriell ihr damit vermitteln. Der Junge erkannte es mit Genugtuung, worauf er Lisa wieder wohlbehalten in ihr Krankenbett zurückbrachte.

»Danke für diese wunderbare Reise!« sprach Lisa. »Leider werde ich mit diesen Erkenntnissen nicht mehr viel anfangen können, denn ich habe nur noch kurze Zeit zu leben.«

Dyriell lächelte geheimnisvoll und seine leuchtende Aura schien noch heller zu strahlen. »Du hast die Bedeutung dieser Reise wohl erkannt und dich damit als würdig erwiesen weiter zu leben. Wenn du morgen erwachst, wirst du gesund sein. Dies ist mein Geschenk zu Weihnachten für dich, kleine Lisa!« Er hielt kurz inne, um seine Worte wirken zu lassen.

Lisa sah ihn zuerst ungläubig an, doch als er zärtlich ihren Kopf streichelte und ihr ein liebevolles Lächeln schenkte, da wusste sie, dass er die Wahrheit sprach. Dies erfüllte sie teils mit Glück, jedoch auch mit Trauer. »Wenn du mich retten kannst, dann kannst du doch auch den anderen kranken Kindern helfen!« meinte sie hoffnungsvoll.

»Weitere meiner Gefährten sind gerade dabei, den todgeweihten Kindern auf dieser Welt zu helfen, und auch ich werde diese Reise heute Nacht noch mit weiteren Kindern machen. Doch nur, wenn sie die den Sinn dieser Reise verstehen und ihre Ehrfurcht vor dem Leben geweckt wird, können wir sie retten. Denn diese Rettung ist mit einer Bitte verbunden, nämlich die Welt vor weiterem Schaden zu bewahren und ihre einstige Schönheit und Vollkommenheit wieder herzustellen. Wohlgemerkt, es ist nur eine Bitte, keine Bedingung! Denn was ihr Menschen nicht seht, ist die Einzigartigkeit eurer Heimat. Dieser Planet ist in sehr weitem Umkreis die einzige Welt, die solch reichhaltiges Leben in großer Zahl trägt. Dies war einst ein Geschenk an euch mit der Bitte es zu bewahren und zu pflegen, doch ihr seid gerade dabei dieses wunderbare Geschenk zu ruinieren. Damit zerstört ihr jedoch auch die einzige Heimat die ihr besitzt. Deshalb unsere Bitte an euch, die eine weitere Chance erhalten um zu leben.

Lisa hielt tief berührt kurz inne. »Ich kann es dir nicht versprechen, doch ich werde mein Möglichstes tun, um deine Bitte zu erfüllen!« sprach sie dann mit rauer Stimme.

Dyriell schenkte ihr nochmals ein verständnisvolles Lächeln. »Sei gesegnet, kleine Lisa!« Sie wurde kurz von einem hellen Licht eingeschlossen. »Nun muss ich gehen, um meine Aufgabe weiter zu erfüllen. Hab ein langes, gutes Leben!« Dann löste sich seine Gestalt einfach auf und Lisa war wieder alleine. Mit einem Gefühl tiefer Glückseligkeit und neuer Hoffnung glitt sie weiter in einen traumlosen Schlaf. Als sie am nächsten Morgen erwachte und sie der Arzt untersuchte, traute er seinen Augen nicht. Lisa war tatsächlich wieder kerngesund! Niemand konnte sich ihre rasche Heilung erklären und alle glaubten an ein Wunder, doch Lisa vergaß nie diese Nacht und was Dyriell sie gelehrt hatte. Sie wusste, dass dieser Engel sie geheilt hatte, und sie würde dieses große Geschenk nutzen, um seine Bitte zu erfüllen. Dadurch wurde auch Lisas Wunsch erfüllt, zu Hause mit ihren Eltern Weihnachten zu feiern. Es wurde ein ganz besonderes Fest, auch für die Eltern, denn schließlich war ihnen ihr Kind wieder gegeben worden!

Nachwort

Liebe Leser,

Sie sind nun an das Ende unseres kleinen Büchleins gekommen. Wir hoffen, Sie gut und abwechslungsreich unterhalten zu haben.

Falls Sie beim Lesen auf den Geschmack gekommen sind und den einen oder anderen Autoren für sich entdeckt haben, so gibt es von diesen viele weitere schöne Bücher bei mir im Laden zu entdecken.

Falls Sie nach dem Lesen dieses Buches noch Fragen, Anregungen, Vorschläge haben, können Sie sich gerne mit mir in Verbindung setzen. Ich bin offen für kreative Ideen. Ralf Neubohn, Antiquariat der Nöck, Zwerchgasse 6, 71332 Waiblingen, Telefon 07151 1336165, E-Mail: antiquariat.noeck@gmx.de

Unter dieser Adresse können Sie sich auch bei mir melden, falls Sie einmal eine Lesung buchen wollen.

Mit freundlichen Grüßen und bis bald?

Ihr Ralf Neubohn

Über den Autor Ralf Neubohn:

Ralf Neubohn hat bereits zahlreiche Bücher geschrieben bzw. herausgegeben und ist einem breiten Publikum durch regelmäßige Lesungen bekannt. Er betreibt ein angesehenes Buchantiquariat und fördert neue Autoren durch Herausgabe von Anthologien und Veranstaltung von Lesungen.

Er hat auch mehrere Literaturpreise gestiftet. Z.B. den „Neuen Literaturpreis Remstal".

Neubohn schreibt Krimis, Lyrik, heitere Romane und Kurzgeschichten.

Sein Kurzkrimiband „Neubohns Krimihäppchen" kommt bei den Lesungen immer besonders gut an. Bei den heiteren Büchern vor allem „Alle Autoren an Bord!" und „Im Tal der Autoren".

Beide Bände haben den Vorteil für die Leser, dass sie mit diesen einen humorvollen Blick hinter die Kulissen des Autorentums werfen können. Und das ist doch ganz interessant und lehrreich.

Lesetipp:

Ralf Neubohn und Michael Kerawalla: „Im Tal der Autoren"

Für dieses Buch schrieb Ralf Neubohn unter anderem folgende Texte:

Der Roman

Sam beendete 3 Jahre Schreibarbeit an seinem neuesten Roman mit einem guten Gefühl. Alle goldenen Regeln seines Verlegers fanden sich in dem Werk wieder. Anspruchsvoll geschrieben, ein kritischer Spiegel der Zeit und sorgfältig recherchiert.
Stolz begab er sich damit zu seinem langjährigen Verleger. Dieser las das Buch mit einem Stirnrunzeln durch und sprach die goldenen Worte: „Um erfolgreich zu sein, darf ein Roman nirgends politisch anecken. Streichen Sie daher bitte alle betreffenden Stellen. Natürlich wollen wir auch niemandes religiöse Gefühle verletzen oder Wirtschaftsbossen auf die Füße treten. Sie verstehen doch, dass diese Teile deshalb raus müssen. Zuviel Sex und Gesellschaftskritik sind auch nicht mehr zeitgemäß, sie fallen ebenfalls weg. Natürlich wollen wir uns bei niemandem anbiedern und langweiligen Mainstream vermarkten, wir passen uns nur etwas der Zeit an." Damit gab er den von 520 Seiten auf 3 Seiten gekürzten Roman in Druck, der ein großer Erfolg wurde.

Zurück zu den Wurzeln

Seneca, Cato und Tolstoi hatten vollkommen recht: Nichts geht über das einfache Landleben. Weg von all dem unnötigen Schnickschnack zurück zum Urtümlichen. Nur von den allernotwendigsten Hilfsmitteln begleitet leben.

Während ich diese Zeilen auf meinen Laptop schreibe, geht draußen die Außenbeleuchtung automatisch an. Vermutlich ist eine Katze durch die Lichtschranke gelaufen. Ein Surren zeigt an, dass die Rollläden mittels Zeitschaltuhr pünktlich heruntergelassen werden. Ich gehe in die Küche aus der Tiefkühltruhe frisches Gemüse für die Mikrowelle holen. Unterwegs blinkt mich im Flur das drohend rote Auge des Anrufbeantworters an. Aus dem Büro höre ich das Fax nach neuem Papier fiepsen und Informationen aus dem Internet plärren.

Bei so viel Stress starte ich mittels Fernbedienung erstmal eine Musik-CD und gönne mir aus der chromglitzernden Expressomaschine ein Anregungsmittel. Zwischenzeitlich ist das Gemüse fertig geworden. Es hat dieses Mal 1 skandalöse Minute länger gedauert! Zeit die alte Mikrowelle gegen eine schnellere auszutauschen! Ich muss wegen eines neuen Navigationsgerätes sowieso in die Stadt.

Im Esszimmer angekommen greife ich zur Gabel, als sowohl das Handy klingelt, als auch das E-Mail Postfach nach mir verlangt. Doch die müssen beide in die Warteschleife, da pünktlich zum Essen im Fernsehen meine Lieblingsserie startet, die ich auf dem extragroßen LCD-Bildschirm sehe.

Mittels Fernbedienung schalte ich die Heizung etwas höher und genieße die Wärme und das Mikrowellengemüse sehr.

Ja, die großen Denker wussten, was sie sagten: NICHTS geht über das urtümliche, einfache Landleben! Zurück zu den Wurzeln!

Lesetipp:

Flammenfeder „Live von der Gartenschau"

In diesem Buch berichten Ralf Neubohn und Michael Kerawalla heiteres aus dem Paradies für Blumenliebhaber. Beide sind Mitglieder der Autorengruppe Flammenfeder, die dieses Buch herausgebracht hat. Folgend ein paar Textproben Ralf Neubohns daraus:

Computerexpertin Petrulia

Paul saß zufrieden in seinem Kinderzimmer, heute gab's in der Schule endlich mal keine Hausaufgaben. Er konnte also nun die langersehnte Radtour auf dem Gartenschaugelände machen! Er freute sich sehr darauf. Draußen schien die Sonne und rief ihm förmlich zu: „Komm, komm!" Als er gerade zu seinem Drahtesel eilen wollte, stand plötzlich seine nervige Schwester Petrulia in der Tür. Was für ein Schock, denn das bedeutete stets etwas Schlimmes.

Sie sprach: „Paul! Ich muss noch von gestern meine Hausaufgaben nachholen. Da es soviel ist, mache ich sie an Deinem Computer." Paul zuckte tief erschrocken zusammen. Seine chaotische und eingebildete Schwester an seinem geliebten Computer! „Dich kann ich nicht allein an meinen PC lassen. Du hast doch keine Ahnung davon!"

Petrulia erwiderte triumphierend: „Mutter hat es mir erlaubt! Sie meint, dass ich groß genug dazu bin."

Paul biss sich auf die Zunge, um nichts über ahnungslose Mütter im Allgemeinen und vor allem in diesem speziellen Fall zu sagen, und startete gottergeben seinen Computer. Er harrte schicksalsergeben der nun folgenden inneren Leiden, die auch prompt eintraten.

„Paul? Was heißt eigentlich PC? Pauls Computer?"

„Nein", entgegnete er genervt. „Es heißt Petrulias Chaos. So, jetzt gebe ich das Codewort ein."

„Kotwort", zischte Petrulia entsetzt. „Heißt dass, dass der Computer mit Scheiße zu tun hat?"

Paul stöhnte verzweifelt. Mütter und Schwestern konnten einem wirklich das Leben versauern. Von wegen Petrulia ist groß genug! Doch da er noch mit dem Rad wegwollte, ließ er sich auf keine Diskussion ein. „So, jetzt mache ich nur noch schnell einen Quick Scan."

Petrulia starrte ihn schockiert an. „Warum wird ein Schwein geröntgt? Oder wird das Schwein wie die Waren an der Supermarktkasse gescannt? Aber wozu? Was hat das denn jetzt mit uns zu tun?"

„Schwestern gehört das Gehirn gescannt", dachte er erbittert. „Sofern sie denn überhaupt eins haben."

Laut giftete er: „Das hat nichts mit Schweinen zu tun! Es ist eine wichtige Funktion des Virenscanners."

„Ach", seufzte Petrulia erleichtert. „Hat Dein PC Grippe? Sag das doch gleich!"

Paul brummelte ablenkend: „Wir schreiben nachher Deine Hausaufgaben in Times New Roman."

„WAS?" rief Petrulia begeistert. „Meine Hausaufgaben kommen in der Times als neuer Roman? Ich wusste doch, dass meine Aufsätze super sind. Nur meiner dummen Lehrerin ist das noch nicht klar."

Paul litt entsetzlich, wir legen den Mantel des gnädigen Schweigens über die nächste Stunde. So meinte seine Schwester unter anderem: „Tool bar? Das ist toll, denn ich habe gerade Durst."

Als nach vielen inneren Leiden seine Schwester ihn verließ, warf sich der arme Paul völlig erledigt aufs Bett.

Dort fand ihn dann später seine Mutter: „Was machst Du hier noch? Ich dachte, Du wolltest radeln! Dauernd hast Du beim Mittagessen genervt, dass Du heute eine Radtour machen willst. Nutze nun auch wirklich die schöne Sonne aus. Also, mit Euch jungen Leuten ist einfach nichts mehr los! Ihr wisst einfach nicht, was Ihr wollt! Erst nervst Du beim Mittag wegen dem Radeln und dann liegst Du den ganzen Nachmittag nur faul rum!"

EOCXTE – CD Shop

Eines Tages erschien in einem aus Datenschutzgründen nicht näher genannten Geschäft in Waiblingen ein neuer Kunde. Die Ladenbesitzerin bediente ihn zuvorkommen und sagte später beim Abschied: „Ich hoffe, Sie kommen bald wieder."

Der Kunde antwortete galant: „Sicher. Sie sind so kompetent und freundlich wie Herr Neubohn es neulich bei der Lesung auf der Gartenschau erzählte. Er liest ja öfters in verschiedenen Läden unserer schönen Stadt, um dadurch die Innenstadt zu beleben. Eine gute Idee von ihm. Auf wiedersehen Frau Elpinike."

Das Lächeln der Ladeninhaberin erlosch so plötzlich, wie das Lächeln eines Managers, wenn es keine 10 % Boni gab. Sie erwiderte erstaunt: „Elpinike? Ich heiße Röchelbaum."

„Oh", flüsterte der Kunde. „Entschuldigen Sie bitte die Verwechslung. Ich dachte Sie heißen; Eutalia Ottilie Clothilde Xanthippe Tussnelda Elpinike und sind die Inhaberin."

Frau Röchelbaums ohnehin schon große Augen wurden noch größer, wie im Märchen vom Rotkäppchen – damit ich Dich besser sehen kann – und ihr Mund wuchs auch – damit ich Dich besser fressen kann - !

„Ich bin die Inhaberin. Hier gibt es keine Frau Eutalia Ottilie Clothilde Xanthippe Tussnelda Elpinike. Wie kommen Sie denn darauf?"

„Ach", raunte der Mann erstaunt. „Da muss Herr Neubohn was verwechselt haben. Als er mir von ihrem schönen Laden EOCXTE – CD Shop erzählte, fragte ich ihn, was der Name EOCXTE voll ausgeschrieben heißen würde. Und er meinte: Ah, öh, natürlich ist es wie bei den meisten Läden, er ist nach der Inhaberin benannt. Und der Name der Inhaberin lautet hier Eutalia Ottilie Clothilde Xanthippe Tussnelda Elpinike."

Wir wissen leider nicht, was Frau Röchelbaum dachte, als sie dies hörte, aber Herr Neubohn bekam tags darauf gründlich den senilen Kopf gewaschen. Das beweist mal wieder: Die Schwaben sind in Wahrheit gar nicht so geizig! Denn in Schwaben wird oft jemand gratis der Kopf gewaschen und das trotz der teuren Schampoopreise!

Besuch auf der Gartenschau

Claudia, Elke und Sieglinde saßen auf den Remsterrassen und schauten herab in die tobenden Fluten der Rems. Da zur Zeit der Pegel auf Rekordtief lag, schauten aus den mächtigen Fluten zwei kleine Inseln heraus. Was die drei nicht wussten: es waren keine kleinen Inseln. Sondern die verschütteten Vulkankegel der Insel Atlantis, die bis zu einem großen Vulkanausbruch in der Rems lag. Die drei Mädchen lösten sich vom Anblick der vermeintlichen Remsinseln und gingen mit ihren Freunden weiter über das wunderschöne Gartenschaugelände. Bisher verlief alles friedlich. Sonst gerieten sich ihre Freunde im Fußballstadion oder bei politischen Veranstaltungen immer in die Haare. Doch heute würde es sicherlich harmonisch verlaufen, nichts ist besänftigender fürs Gemüt, als Sonne und schöne Blumen. Dachten die drei Mädels, bis es bei einem besonders reizenden Blumenbeet wieder zwischen den drei Jungs krachte: „Du vulgäres Veilchen! Die schönsten Blumen sind die Rosen!" „Quatsch! Du rostige Rose! Nichts geht über zarte Veilchen! Und wenn Du willst, kannst Du von mir gleich zwei blaue Veilchen haben." „He, hört, mal ihr zwei Streit-hähne, am schönsten sind die Tulpen." „Was? Das hätten wir wissen müssen, dass Du eine tumbe Tulpe bist. Du mit Deiner krakeligen Kaktusnase!"

So ging es den ganzen Nachmittag weiter. Die leidgeprüften Mädchen beschlossen deshalb am nächsten Wochenende lieber mit ihren Freunden ins Fußballstadion zu gehen, denn dort dauerte deren Zoff untereinander nur 90 Minuten.

Lesetipp:

Ralf Neubohn: „Die Gartenschau Morde"

Enthält Kurzkrimis und schwarze Humor Gedichte.

Das Gartenschauwunder

Hans saß auf den Remsterrassen und las sein Lieblingsbuch „Neubohns Krimihäppchen" zu Ende. Er las es seit Jahren immer wieder von vorn, weil ihn diese Mischung aus Kurzkrimis und Humor sehr ansprach.

Nun griff er zu Neubohns originellem Werk „Im Tal der Autoren", um es ebenfalls in Ruhe zu genießen. Die Sonne schien, vor ihm floss die Rems plätschernd vorbei, was konnte es Schöneres geben? Völlig entspannt blickte er auf die beiden Remsinseln zu seinen Füssen und schlug das Buch mit den heiteren Geschichten aus dem Autorenleben voller Vorfreude auf.

Doch dann schoss es ihm durch den Kopf: „Ich bin doch nicht zum Lesen hier, sondern zum Arbeiten!" Bedauernd legte er das Buch zur Seite und stand auf. Nur durch seine hohe, professionelle Arbeitseinstellung gelang ihm der Aufbruch aus dem sonnigen Paradies. Überall schlenderten seine Kunden über das Gartenschaugelände. Hans gefiel am besten der Teil beim See am Hallenbad und jener bei der Kunstlichtung. Dort fanden immer so schöne Lesungen statt. Doch wo auch immer seine Kunden auf ihn warteten, da ging er hin. Vom Bädertörle in Waiblingen bis nach Schorndorf lag sein Arbeitsbereich. Sein ganzer Ehrgeiz lag darin, dort überall gleichmäßig gut zu arbeiten.

Kein Gebiet des schönen Gartenschaugeländes durfte vernachlässigt werden. Denn die Arbeit rief überall dauernd nach ihm. Eine große

Verantwortung lag auf Hans. Es gab sehr viel zu erledigen. Die Gartenschau kam gerade im richtigen Augenblick, um in finanziell schwerer Zeit Geld in seine Kassen zu spülen. Dankbar dachte er: „Ein Wunder, diese Gartenschau! Schönes Gelände, wunderbare Blumen, ein Ort zum Genießen. Und um nebenbei gute Geschäfte zu machen! Was will man mehr?"
Zufrieden schlendernd besah er sich entzückt die Landschaft und die Hosentaschen der Besucher. Ein Traum für Taschendiebe wie ihn. Vielleicht treffen sie ihn ja mal an seinem Arbeitsplatz. In diesem Falle wünsche ich Ihnen viel Glück!

Überraschung!

Herr S. Chrecklich spazierte in Weinstadt über das Gartenschaugelände. Ihm gefiel die schön gestaltete Anlage sehr. Vor einem Blumenbeet mit roten Rosen blieb er bewundernd stehen. Wie prachtvoll sie blühten! Neben den Rosen stand einzeln eine sehr große, äußerst merkwürdige Pflanze. Er konnte sie keiner ihm bekannten Art zuordnen. Diese Pflanze lenkte ihn so ab, dass er das Herannahen eines offensichtlich tollwütigen Hundes erst zu spät bemerkte. Es blieb ihm keine Zeit zu fliehen, keine Chance auf Rettung. Herr S. Chrecklich schloss erstarrt vor Schreck die Augen. Ein lautes „Schlurp" ließ ihn auffahren. Die Pflanze hatte sich über den Hund gebeugt und ihn verschlungen! Vermutlich ein Ergebnis des Klimawandels. Früher gab es hier in Weinstadt keine fleischfressenden Pflanzen. Da kam ihm eine geniale Idee! Auf diese Art könnte er seinen nervigen Schwager loswerden! Diesen ohne Spuren beseitigen! Der perfekte Mord! Einfach genial! Bereits zwei Tage später schlenderten sie beide gemeinsam über die Gartenschau. Als niemand in Sicht war, schlug er seinen verhassten Schwager nieder und schleifte den Betäubten zur fleischfressenden Pflanze. Diese würde mit einem lauten „Schlurp" alle Spuren seiner Tat wie geplant beseitigen. Tat sie auch. Nur schluckte sie beide zusammen weg. Tja, selbst der beste Plan kann einmal scheitern.

Pech gehabt

Verächtlich verzog Hans das Gesicht. Wieder lief ein Gartenschaubesucher mit hervorstehendem Geldbeutel vor ihm. Ein Kinderspiel sich seiner Börse zu bemächtigen. Egal, ob in Heilbronn, Waiblingen, Schorndorf, Winterbach oder anderswo, sein Geschäft lief weiterhin blendend. In jeder Stadt lechzten scheinbar die Gartenschaubesucher förmlich danach, von ihm erleichtert zu werden. Diese unfreiwilligen Spenden machten es ihm erst möglich, seine teure Freundin bei Laune zu halten. Mit dem Erlös seiner heutigen „Arbeit" konnte ein netter Abend mit ihr finanziert werden. Zuerst der Besuch eines Konzertes, anschließend ein Galadinner.

„Ein Glück, dass diese Idioten sich so leicht bestehlen lassen", dachte Hans voller Herablassung.

Als er abends mit seiner Freundin an der Konzertkasse stand, befiel ihn ein großer Schock: „Ich bin bestohlen worden! In was für einer furchtbaren Welt leben wir denn, dass man einfach so bestohlen werden kann!" Hans bedauerte sich ausführlich selber, während seine Freundin überlegte, ob sie sich weiterhin mit so einem unfähigen Schussel abgeben sollte, der sich beklauen ließ.

Reizende Reise

Richard R. Riesling befand sich gern auf deutschen Gewässern. Ob Bodensee, Mosel, Rhein, überall gefiel es ihm ausnehmend gut. Leider mochten ihn seine Mitpassagiere umso weniger. Es muss leider gesagt werden: Herr Riesling trank meist härtere Sachen als Riesling und wurde dann extrem unleidlich. Häufig sogar gewalttätig.

Bei seiner neuesten Kreuzfahrt fuhr er auf dem Neckar an der Gartenschaustadt vorbei, als es zu einem schwerwiegenden Zwischenfall kam.

Seit 20.00 Uhr hielt er sich an seine strenge Whiskydiät und nahm nichts anderes mehr zu sich. Mit jedem weiteren Glas stieg seine Gewaltbereitschaft und er pöbelte immer häufiger seine Mitreisenden übel an.

Gegen Mitternacht schrie Herr Riesling Frau Nemesis an: „Was geht es Sie an, wie viel ich trinke? Und wem ich meine Meinung sage? Was denken Sie eigentlich, wer Sie sind?" Darauf kam drohend die unheilverkündende Antwort: „Wie ich Ihnen schon sagte, ich bin Nemesis!" Da unser Reisender sich nur mit Alkohol auskannte und mit sonst gar nichts, stürzte er sich auf Nemesis, um sie von Bord zu stoßen.

Durch einen Kampfsporttrick seines vermeintlichen Opfers landete der Alkoholiker stattdessen selber im Neckar. Der Kapitän hörte das Aufklatschen im Wasser und rief: „Mann über Bord!", was sofort die verschiedensten Rettungsmaßnahmen einleitete. Doch die Dunkelheit behinderte die Suche so sehr, dass er erst zu spät aus dem Hades, äh, Neckar gefischt wurde.

Der Kapitän sah den Ertrunkenen vor sich auf den Planken liegen und sprach nachdenklich: „Riesling verträgt sich mit zuviel Wasser nicht!" Ein Satz, in dem viel Wahrheit lag. Die Suche nach Nemesis blieb erwartungsgemäß erfolglos, denn die kommt und geht bekanntlich, wie sie will.

Der Banküberfall

Xavers Plan bot sich förmlich von selbst an. Durch die Touristen, die zur Gartenschau wollten, kam in Heilbronn der normalerweise schon starke Feierabendverkehr fast zum Erliegen.

Wer zu dieser Zeit eine Bank überfiel, konnte sich sicher sein, dass die Polizei zu lange brauchen würde, um sich durch den Stau von Pendlern und Touristen durchzukämpfen. Bis sie die Bank erreichte, befand er sich mit seinem Fluchtauto schon wo ganz anders.

Er parkte direkt vor der Bank, stürmte mit gezogener Pistole herein und verlangte das Geld. Alles verlief gut, bis er aus seinen Augenwinkeln eine Bewegung am rechten Rand sah. Wo kam der Mann plötzlich her? Eben lag die Schalterhalle doch noch völlig leer vor ihm!

Hätte Xaver besser recherchiert, wäre ihm bekannt gewesen, dass rechts von den Schließfächern im Keller eine Treppe heraufführt. Und von dort stürmte nun ein Sicherheitsbeamter auf ihn zu. Spontan und eigentlich ungewollt erschoss Xaver ihn und flüchtet tief erschrocken zum Auto. Genauer gesagt zu dem Ort, wo sich bis vor kurzem sein Auto befand, bevor es ein Autodieb stahl. „Nun gut, dann fliehe ich halt zu Fuß", dachte er. Es war das Letzte, was ihm in Freiheit je durch den Kopf ging. Denn bei den oberflächlichen Besichtigungen des Tatorts hatte Xaver es versäumt, sich die Umgebung näher anzuschauen. Gegenüber der Bank lag ein Imbiss, in dem viele Polizisten verkehrten, die nun mit gezogener Waffe vor ihm standen.

Im Fußball wird so etwas Eigentor genannt. Dafür gibt es keinen Applaus, höchstens Buhrufe.

Lesetipp:

Ralf Neubohn und Michael Kerawalla: „Gartenschau-Phantasie"

Leseprobe von Ralf Neubohn:

Die beiden Gartenschauen

Zweifellos sind die Gartenschauen in Heilbronn und an der Rems ein paar der schönsten, die es je gab. Sowohl von den Anlagen her, aber auch wegen dem wunderbaren Ambiente der Umgebung. Für jeden der seine Freude an den prächtigen Pflanzen auf dem Gartenschaugelände hat, stellt sich die Frage: Wie konnte diese verzaubernde Pracht entstehen? Das Geheimnis ist einfach und schon lange wohlbekannt: Nachts durchfliegen Elfen die Anlagen. Dabei hinterlassen sie ihren magischen Glanz, der sich auf alle Pflanzen wie Lack legt und diese besonders schön strahlen lässt. Besucher mit strahlendem Lächeln sind wohl früh morgens noch einer etwas verspäteten Elfe begegnet.

Ich wünsche Ihnen viel Spaß, in diesen verzauberten Elfengärten. Egal, ob an der Rems oder in Heilbronn: Ein Besuch lohnt sich!

Gartenschauromanze

Er sah das Mädchen an der Remsküste,
sie hatte wunderbare .... Ohren.

Ihr Anblick macht ihn froh,
vor allem der schöne ... Ohrring.

Vielleicht würde das Schicksal ihn strafen,
doch wollte er mit ihr .... Ohrputzen.

Später flüsterte sie benommen:
„Hoffentlich werde ich kein ... Ohrsausen bekommen."

Gratulation

Für die Gartenschauen in Heilbronn und an der Rems wurde nicht nur viel Herz und Ideenreichtum in Bezug auf Blumen gelegt, sondern auch der ganze Rahmen perfekt durchdacht. Um nur einige Beispiele zu nennen: Die Remsterrassen, die Kunstlichtung, die Remsinseln, die verschiedenen künstlerischen Projekte. Etwa die Lesungen, die Skulpturen, die Kuben und vieles andere mehr. Ein rundherum gelungenes Gesamtkonzept erwartete die Besucher. Gratulation an die Verantwortlichen und die ehrenamtlichen Helfer! So, müssen Gartenschauen sein!

Nachts in der Gartenschau

Nervös huschte er über das Gartenschaugelände. Immer wieder drehte er sich hastig um, aber niemand schien ihm zu folgen. Fahrig wischte er sich den Schweiß von der Stirn und lief eilig weiter. Seine Schritte hallten laut durch die menschenleeren Grünanlagen. „Warum habe ich nur darauf eingelassen?", fragte er sich immer wieder. „Ich habe doch gewusst, dass es gefährlich wird."

Ängstlich packte er die Aktentasche mit dem wertvollen Inhalt fester an sich. Ein lautes Geräusch ließ ihn zusammenfahren. Sein Herz stand für Sekunden still, so sehr hatte ihn die Kirchturmuhr erschreckt. „Ich muss mich zusammenreißen", dachte er und blickte sich um. Da! Folgte ihm nicht doch jemand? Nein, er waren nur Bäume am Gehwegrand. Der Wind bewegte sie sachte. In der finsteren Nacht sahen sie aus wie gefährliche Wegelagerer. Inzwischen hörte die Kirchturmuhr auf, vier Uhr zu schlagen.

„Nur noch ein paar Straßen weiter", schoss es ihm durch den Kopf. „Dann bin ich in Sicherheit!" Schnell rannte er die letzten Gehwege des Gartenschaugeländes weiter, hinein in die Innenstadt. Seine Schritte hallten dort laut in den Gassen, Menschenmassen schienen ihm zu folgen, doch das war nur das Echo.

Mit rasendem Herzen schloss er die Tür zu seinem Buchantiquariat auf, schlüpfte schnell hinein und warf sie fest ins Schloss. Er hatte es geschafft. Nachdem er erleichtert eine Weile an der Tür gelehnt hatte, streichelte er liebevoll die Aktentasche und ging ins Büro seines Ladens. „Ich habe doch gleich gewusst, dass ich es schaffen werde", sinniert er nicht ganz wahrheitsgemäß. Behutsam nahm der Buchantiquar den wertvollen Inhalt seiner Tasche heraus und betrachtete ihn glücklich. Verstohlen schaute er sich schnell im Büro um, doch er war nach wie vor allein. Zärtlich streichelte er über das soeben auf der Kunstlichtung beendete Manuskript von „Gartenschau Phantasie", um das ihn sicherlich viele Konkurrenten beneideten. Zuviele! „Das Buch wird ein Knüller!" rief er triumphierend in die Leere hinein und lachte noch ein wenig erleichtert vor sich hin. Seine Nerven hatten sich gerade wieder von der nächtlichen „Hetzjagd" erholt, als ihn ein plötzliches Geräusch aufspringen ließ. Unter einem Ladentisch raschelte es. „Ach, bin ich dumm", dachte er. „Das wird nur die Katze sein."

Es war sein letzter Irrtum im Leben.

Der Schrecken der Gartenschau

Immer häufiger berichteten Gartenschaubesucher, dass es auf dem wunderschönen Gartenschaugelände bei Einbruch der Dunkelheit höchst merkwürdige Geräusche gab. Gruslige Geräusche, die niemand irgendwie, irgendwas zuordnen konnte. Am ehesten entsprach dieses nervtötende „Klick-Klack" einem Skelett aus einem Gruselfilm, welches sich dort mit diesen Geräuschen bewegte.

Darum wurde der bekannte Forscher Van Surprisle beauftragt, diesem nächtlichen Spuk auf die Spur zu kommen. Van Surprisle rüstete sich gegen die Gefahren mit einem großen Kruzifix, einem Revolver mit geweihten Silberpatronen, einem Kranz aus Knoblauch und einem Holzpflock. Beim Austreiben von nächtlichen Schrecken konnte ihm niemand das Weih-Wasser reichen! Apropos Wasser: Natürlich nahm er in einer Wasserpistole auch Weihwasser mit, um damit diverse Unholde zu „erschießen". Er schleppte schwer an diesen vielen Gegenständen in der lauen Sommernacht. Durchlief immer wieder das große Gelände. Nichts! Überhaupt nichts zu sehen und hören! Oder doch? Ja, ganz leise erklang ein geheimnisvolles „Klick-Klack". Schlichen sich Skelette an ihn an? Klapperten Vampire freudig mit ihren Fangzähnen?

Er zog die beiden Pistolen. Entweder mit Weihwasser oder geweihten Silberkugeln würde er dem Spuk ein Ende bereiten. Leise bewegte er sich auf das schaurige Geräusch zu. „Klick-Klack" ertönte es beim Näherkommen immer lauter. Van Surprisles Nerven vibrierten vor Spannung! Auf welches schreckliche Geheimnis würde er stoßen? Welches unvorstellbare Grauen lauerte dort im großen Gebüsch? Würden ihn Monster anfallen und zerfleischen? Oder schoss er schneller? Die Chancen in der Dunkelheit standen unentschieden! Seine am Schutzhelm befestigte Lampe strahle in das Gebüsch und er sah… ja, leider ist es wahr… kaum zu glauben… Murmeltiere! Sie spielten dort mit Murmeln! Und wenn diese aneinander stießen, ertönte in der ruhigen Nacht überlaut „Klick-Klack"!

Zuerst lächelte unser tollkühner Forscher erleichtert. Dann überkam in ein riesengroßer, lähmender Schrecken: Wie lächerlich würde sich dieses Ereignis in seiner Biographie ausnehmen! Er sah schon die Leute ihn höhnisch auslachen! Das musste verhindert werden. Doch wie? Dieses „Klick-Klack" musste schließlich überzeugend begründet werden. Er brauche eine logische, nachvollziehbare Erklärung, die seinen Ruf nicht gefährdete. Da kam ihm die Erleuchtung! Am anderen Tag sagte er völlig glaubwürdig auf einer Pressekonferenz, dass den Bürgern keine Gefahr drohe. Im Schutze der Dunkelheit tanzten nur die Skelette von im Moor ertrunkener im Gebüsch miteinander Tango. So lange niemand dem betreffenden Gebüsch zu nahe kam, passierte ihm nichts.

Das betreffende Gebüsch wurde zur Hauptattraktion der Gartenschau, um das sich die Besucher in gehörigem Abstand neugierig bis tief in die Nacht drängten.

Und wenn die Murmeltiere nicht gestorben sind, dann spielen sie noch heute mit Murmeln.

Lesetipp:

Ralf Neubohn und Michael Kerawalla:

„Galaabend für die Gartenschau"

Leseprobe von Ralf Neubohn:

Sensation

Als ich mich eines Tages nach einer Lesung bei den Kuben auf den Heimweg machte, erfüllte mich noch lange danach eine große Zufriedenheit. Nichts, aber auch gar nichts ist so schön, wie auf der wunderbaren Gartenschau zu lesen. Plötzlich riss mich ein außergewöhnlicher Anblick aus den Gedanken. Ein ungeheuer großer Fluss mündete in die Rems. So breit, wie der Amazonas. Ob es darin auch Kaimane gab? Oder gar Piranhas? Welcher gewaltige Strom mündete überhaupt hier in die Rems? Der Neckar? Aber der war doch nicht so ein gewaltiger, reißender Strom? Rätselhaft. Noch nie hörte ich von diesem beeindruckenden Naturereignis. Daheim schlug ich in mehreren Waiblinger Büchern über dieses Wunder nach, auf der Suche nach dieser gigantischen Überraschung. Dann fand ich endlich die Wahrheit. Nicht zu glauben. Die völlig verblüffende Antwort lautete: Kätzenbach! War der echt so groß? Hatte ich zu lange in der heißen Sonne vorgelesen? Die Leser dieses Buches können bei ihrem nächsten Besuch der Gartenschau selbst nachprüfen, welche der beiden Lösungsmöglichkeiten die Richtige ist.

Mooropfer?

Herr Richard T. Odschläger legte den Gruselroman zur Seite. „Wirklich“, dachte er. „Wer glaubt schon an Sumpfgeister, Moorhexen und an das Wiedererwachen von rituell ermordeten Mooropfern?“ Ein kühler Wind blies darauf durch den heiligen Hain. Heiliger Hain? Ich wollte sagen, durch die Kunstlichtung auf der Gartenschau. Er versuchte seine Nerven durch das Lesen von „Neubohns Krimihäppchen“ zu beruhigen, aber die aufregenden Morde darin bewirkten das Gegenteil. Herr T. Odschläger las so gebannt, dass ihm die einbrechende Dunkelheit nicht rechtzeitig auffiel. Als er Neubohns Buch beiseite legte, verspürte er einen kalten Schauer auf dem Rücken. Das sichere Zeichen von Unheil. Aber hier waren doch wohl keine Mörder aus Neubohns Krimis unterwegs? Vielleicht doch? Aber noch mehr beunruhigte ihn das Gruselbuch von vorher. Ist die Talaue nicht früher sumpfiges Gebiet gewesen? Könnte es hier nicht doch Mooropfer, Sumpfgeister und Moorhexen geben? Fanden nicht die Ritualmorde in heiligen Hainen statt? Spähten nicht zwischen Bäumen mordlustige Augen nach ihm? Auf dem Gehweg erklang höhnisches Lachen. Kicherten nicht so Hexen? Vorsichtig blickte das nervöse Nervenbündel zu den beiden Gestalten, die in seine Richtung liefen. Sie trugen Besen! Also doch Hexen! Da blieb nur die Flucht! Von Panik gehetzt floh der Held dieser Geschichte weg von diesem ehemaligen Auengebiet. Rannte wie von Furien gehetzt Richtung Sicherheit. Überall begann es unter Bäumen zu rascheln, mordlustige Augen schienen nach ihm zu schauen. Baumzweige griffen nach ihm!

Wie durch ein Wunder entkam Herr T. Odschläger. Tage später fiel ihm Neubohns Buch: „Flammenfeder live von der Gartenschau“ in die Hände und die mythologischen Stellen darin bestätigten ihn in der Ansicht, dass Moorhexen auf der Talaue ihr Unwesen trieben.

Überall erzählte er von seinen Schrecken. Eines Tages kam diese Erzählung auch zwei Straßenfegerinnen zur Kenntnis, die kichernd meinten: „Wir haben dort Nachts nie Hexen gesehen. Wir sahen aber oft Pärchen, die wohl anderes als Hexerei im Kopf hatten. Einmal sahen wir auch einen Verrückten, der in tiefer Nacht wild schreiend durch das Gelände rannte."

Gartenschau Trilogie

Nach dem Buch ist vor dem Buch, wie es für Autoren wie mich passenderweise heißt. Meist beginne ich nach der Beendigung eines Buches sofort ein neues zu schreiben. Manchmal einfach ein unterhaltsames Buch, gelegentlich aber auch ein Buch, dessen Thema mir sehr wichtig ist. So, wie die Bücher der Gartenschau Trilogie. Denn ich finde es sehr beeindruckend, dass sich an der Rems 16 Städte und Gemeinden für ein gemeinsames Projekt entschieden haben. Ein sehr wichtiges, großes Ereignis.

Aber auch die Gartenschau in Heilbronn versprach schon im Vorbereitungsstadium Außerordentliches. Eine unvergleichliche Blütenpracht in stilvollem Ambiente. Diese beiden Gartenschauen wollte ich unterstützen, für sie werben. Aber wie? Ein reines Fachbuch über diese beiden Gartenschauen? Ein Bildband? Nein, ich entschied mich bedauernd dagegen. Zweifellos gab es in den zahlreichen Medien schon viele Berichte darüber und wahrscheinlich arbeitete auch bereits jemand anderes an derartig wichtigen Büchern. Aber was blieb mir dann? Wie konnte sonst für die Gartenschauen geworben werden? Wie sollten die Bürger neugierig auf diese Veranstaltungen gemacht werden? Wie ihr Interesse geweckt? Lange überlegte ich. Es lag mir sehr am Herzen, diese beiden außerordentlichen Veranstaltungen indirekt zu unterstützen. Da kam mir die Erleuchtung: Mit unterhaltsamen, heiteren Texten, in denen einiges von den Höhepunkten der Gartenschauen vorkam. Etwa die Kuben, die Remsterrassen usw. Die heiteren Texte sollten die Leser zu den Gartenschauen locken, um sich selber ein Bild der erwähnten baulichen Höhepunkte zu machen. Und es funktionierte. Schon viele Leute sagten mir im Vorfeld der Gartenschauen: „Als ich Ihre beschwingten Texte las, wurde ich sehr neugierig und wollte das Gartenschaugelände unbedingt mit eigenen Augen sehen. Mich davon überzeugen, ob die Anlagen dort wirklich so schön sind."

Und mehr wollte ich mit den vielen Büchern zu den Gartenschauen nicht erreichen. Die verschiedenen Textarten: Krimi, heitere Kurzgeschichten, Fantasy wählte ich deshalb, weil ja jeden Leser was anderes anspricht.

So viele Bücher zu schreiben war wirklich sehr harte, zeitraubende Arbeit. Doch jeder einzelne zusätzliche Besucher, den es zu den Gartenschauen bringt, hat diesen Arbeitseinsatz gerechtfertigt.

Große Anerkennung

Die Gartenschau 2019 an der Rems hat einen sehr, sehr großen Pluspunkt. Es wurde wert auf Nachhaltigkeit gelegt. Die Baumaßnahmen wie z.B. die Kuben, die Rems-Terrassen, die Kunstlichtung kommen den Bürgern auf lange Sicht zu gute. Noch Jahre nach der Gartenschau können diese Projekte von den Bürgern sinnreich genutzt werden. Diese Nachhaltigkeit ist sehr wichtig, da es den Kulturraum Rems bereichert.

Was ebenfalls sehr gut ist: Die Bauwerke können ganz allgemein genutzt werden oder auch als Hintergrund für spezielle Veranstaltungen. Sie sind also universell nutzbar und somit besonders wertvoll. Den Verantwortlichen daher an dieser Stelle ein sehr großes Lob!

Rätselhafte Wunder

Bei vielen Gartenschauen wunderten sich die Besucher, warum jedes Mal früh morgens die Gehwege völlig unter Wasser standen. Wo kam nachts nur das viele Wasser her? Nächtliche Regengüsse kamen als Erklärung nicht in Frage, da die Blumenbeete und Wiesen keinerlei Feuchtigkeit aufwiesen. Aus diesem Grund schied auch die Möglichkeit aus, dass die Gärtner zuviel Wasser zum Blumen gießen verwendeten.

Dieses Rätsel beschäftigte schon viele Menschen. Doch als Autor von acht Gartenschaubüchern bin ich sozusagen Experte und dem Wunder auf die Spur gekommen. Um diese Lösung praktisch zu testen, schlich ich mich mit einer Infrarotkamera auf ein Gartenschaugelände, versteckte mich abends auf einem Baum und wartete gespannt. Die Zeit verging, nichts passierte. Hatte ich mich trotz meiner großen Erfahrung getäuscht? Die Temperatur sank, ich fror furchtbar. Sollte ich geschlagen heimgehen, bevor ich mich erkältete? Nein, für meine Gartenschau-Trilogie musste ich Fakten über diese seltsame Angelegenheit sammeln. Da! Der Fluss warf immer mehr sich verstärkende Wellen! Höher und höher schlugen sie. Zum Schluss bis hoch zum Gehweg. Aus den Wellen entstiegen Wassermänner und Nixen, welche dann über die überfluteten Gehwege staunend und bewundernd an den Blumenbeeten vorbeiflanierten. Nach einer Weile stiegen sie zufrieden seufzend in die Wellen und zogen sich mit dem Wasser zurück. Nichts kündigte mehr von ihrem Besuch, als nasse Gehwege. Sollten Besucher im Jahre 2019 oder 2020 bei einer Gartenschau auf feuchte Gehwege stoßen, so hat sich vielleicht dieser geheimnisvolle Besuch wiederholt. Denn es könnte ja sein, dass auch in anderen Seen oder Flüssen geheimnisvolle Blumenliebhaber leben.

Freude

Für mich sind Gartenschauen immer eine große Freude, eine Überraschung, auf die ich mich schon lange vorher freuen kann. So, wie in der Kindheit auf Weihnachten. Und sind dann z.B. die schönen Gartenschauen 2019 vorbei, kommen schon bald die vielversprechenden Gartenschauen von Überlingen und Ingolstadt. Während ich also genussvoll durch die aktuellen Gartenschauen schlendere, kann ich mich schon vorab auf die folgenden freuen.

Und es ist auch spannend: Lahr und Würzburg haben 2018 Maßstäbe gesetzt. Können 2019 die Gartenschauen mithalten? Was werden sie gleich oder anders machen? Wie werden 2020 die Veranstalter ihr Konzept angehen? Ähnlich wie 2018 oder wie 2019? Oder ganz anders? Es bleibt spannend!